제5회 한국시조대상 수상작품집

수상작 및 추천우수작 수록

제5회 한국시조대상 수상작품집

수상작 및 추천우수작 수록

고요아침

제5회 한국시조대상 수상 경위

_韓國時調大賞은 세계시조사랑회가 주최하고 계간 ≪시조월드≫가 주관하여 2007년 제1회 수상자로 최승범 시인을, 2008년 제2회 수상자로 김제현 시인을 선정하였습니다. 그런데 이 상을 주관하던 박구하 시인(계간 ≪시조월드≫ 주간)의 갑작스런 타계로 중단되었는데, 2013년부터 세계시조사랑회 이사장 조오현 시인의 위임을 받아 ≪시조시학≫사에서 새롭게 운영하고 있습니다.

첨단 미디어 시대임에도 더욱 지리멸렬해가는 우리 한국인의 정신을 더욱 고양시키고 세계적인 장르로 도약하기 위하여 韓國時調大賞은 훌륭한 시조 작품과 깊이 있는 진정한 예술혼을 지닌 시조시인을 찾아 이를 격려하고 그 작품 세계를 널리 알리는 역할을 하고 있습니다. 이를 위하여 매회 수상작을 결정할 때 동시에 열 분 내외의 우수 시조시인을 선정하고 수상작과 함께 우수작품을 따로 묶어 단행본으로 발간하여 우리 민족의 정수요 혼인 시조를 대중화하는데 초석의 역할을 담당하고자 합니다.

2013년에는 제3회 수상자로 윤금초 시인을, 2014년에는 제4회 공동수상자로 정수자 시인과 홍성란 시인을 선정하여 시상식과 함께 작품집을 발간하였습니다. 올해 2015년에는 제5회 수상자로 박시교 시인이 선정되었고, 우수 시인으로 이우걸, 이승은, 박기섭, 오승철, 신필영, 오종문, 박명숙, 박권숙, 서숙희, 염창권, 이종문 시인이 선정되었습니다.

이번 제5회 수상자 선고는 정수자, 홍성란, 박희정 시인이 수고를 하였으며 본심은 김제현, 윤금초, 이지엽 시인이 수고하였습니다. 수상자에게는 창작지원금 일천만원이 수여됩니다.

韓國時調大賞

【차례】

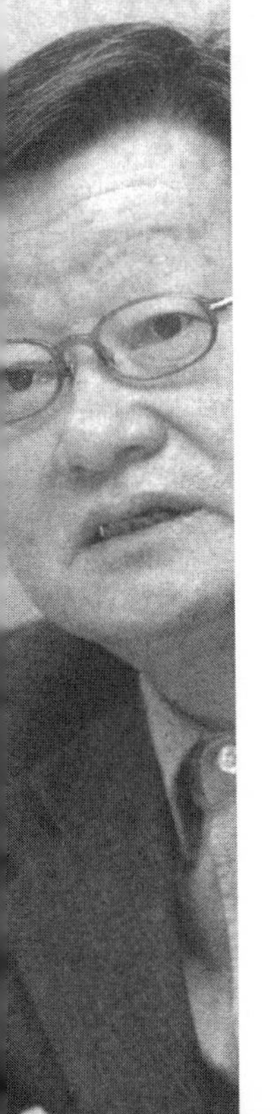

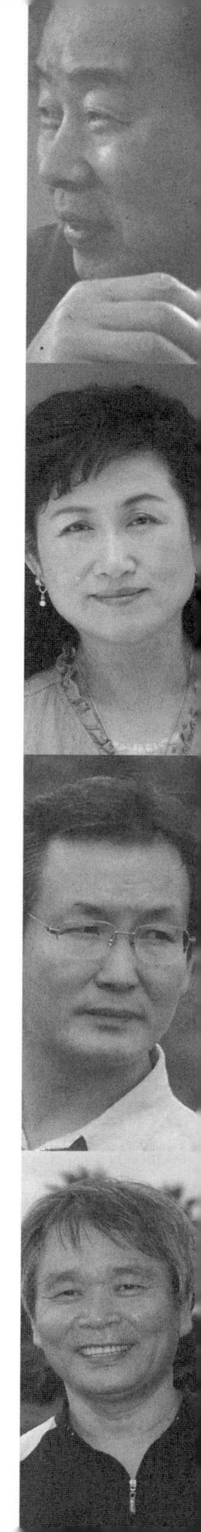

_추천우수작

이우걸

이승은

박기섭

오승철

_추천우수작

_추천우수작

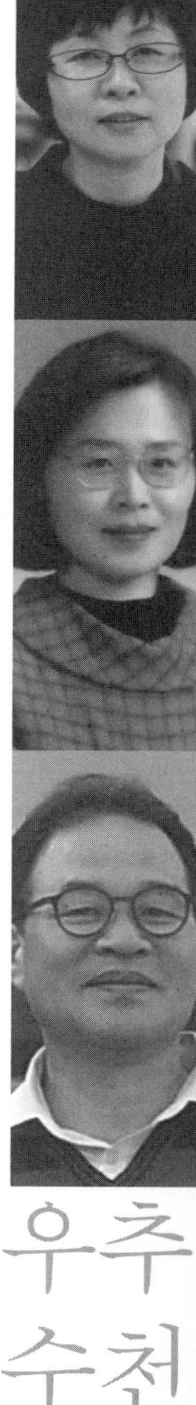

추천 우수작

【심사평】

자전적 성찰, 그 마음 내려놓기

김제현

제5회 한국시조대상 본심에 오른 작품은 시인 12명의 작품 72편. 70~90년대 시인들의 우수한 작품을 한 자리에서 대할 수 있었던 것은 큰 기쁨이 아닐 수 없었다.

심사위원들은 자연 일변도의 소재나 감각적 정서에 머물지 않고 다양한 소재와 일상적 정서를 소박하게 표현하고 있다는 점을 긍정적으로 평가하면서 토의를 거듭한 결과, 인생론적 사유가 시적 상상력의 주조를 이루고 있는 박시교 시인의 「부석사浮石寺 가는 길에」를 수상작으로 미는데 합의를 보게 되었다.

수상작 「부석사 가는 길에」는 어느 완벽주의자의 모습(속성)을 떠올리는 자전적 성찰의 시조라고 할 수 있다. 시중 화자는 지금 "잃어버릴 그 무엇도 없는" 무소유의 날, 햇살이 환한 산길을 가고 있다. 화엄종의 근본 도량인

부석사를 찾아가는 길이다. 그런데 절에 가는 목적은 말하지 않고 무엇인가를 내려놓기만 한다.

수없이 되묻던 생각 길섶에 다 내려놓다 (1수 종장)

함부로 보일 수 없었던 그 상처도 내려놓다 (2수 종장)

일주문 언덕에 오르며 그 마음도 내려놓다 (3수 종장)

세상살이가 버거웠을까. 그동안 지녀왔던 '생각', '상처', '마음' 등을 모두 내려놓는다. 온갖 번뇌와 망상에 빠진 삶의 미망에서 벗어나기 위해서이다. 그러나 삶의 현실적 고통을 해소하고 극복하는 방법으로는 소극적이라고 아니 할 수 없다. 그럼에도 불구하고 소극적이고 자의적인 처세를 통해 도달하고자 하는 목표는 결코 작거나 가볍지 않다. 그동안 참고 견뎌온 시인의 고통스런 삶의 의미와 존재의 이유가 절대 자유를 지향하고 있고, 그 자유의 의지가 보다 큰 삶을 조용하면서 역동적으로 이끌고 있기 때문이다.

간략하고 소박한 표현 속에 깊고 넓은 의미를 함축하여, 구도적 처세의 도를 전해주는 격조 높은 시조라 하겠다.

【심사평】

강렬한 삶의 의지 드러낸 우리 시대 '에피그램'

윤금초

대저, 우리 정형시의 새로운 르네상스시대가 다가오고 있는 것일까? 제5회 한국시조대상 후보작품들을 마주하면서 이런 흥분을 감추지 못하게 된다. 한 시대 '사회적 징후'가 대충 집약된 것으로 보이는 후보작들은 양적으로나 질적으로나 다채로운 언어 풍경을 보여주고 있다. 선고과정을 거쳐 올라온 후보작품들은 '성숙의 맛'이 질게 배어있다. 그 성숙의 맛을 음미하는 것은 큰 즐거움이 아닐 수 없다.

좋은 문학은 시인이 살아온 그만큼 삶의 깊이에서 우러나오는 것이다. 그러므로 수상작을 결정하는 데는 그리 많은 시간이 소요되지 않았다. 우리 심사자들은 남다른 시적 감수성을 드러낸 박시교 시인의 「부석사浮石寺 가는 길에」를 수상작으로 선정, 그의 이력에 '계관桂冠' 하나를 더 보태 주기로 합의를 보았다.

무량수전 배흘림기둥으로 우리에게 더 잘 알려져 있는 부석사를 오르는 시적 화자는 "수없이 되묻던" 생각일랑 "길섶에 다 내려놓는"다. 가슴속에 응어리로 남아있던, 그리고 함부로 내보일 수 없었던 그 '상처'마저 다 내려놓는다. 일주문 언덕을 오르면서 "천근 우람한 돌도 가볍게 괴어놓듯이" 부질없는 '마음'을 다 내려놓는다. 힘겨운 이승 살이 물굽이를 헤쳐가면서 겪게 되는 신산辛酸하고 고달픈 그 강을 건너가려는 강렬한 삶의 의지—끝끝내 겨운 삶을 버팅기며 살아가고자 하는 한 소시민의 열정과 굳은 심지 같은 것을 녹여낸 이 작품은 우리 시대 '쓸쓸한 에피그램epigram'으로 읽힌다.

수상 시편은 시인 자신의 자전적 진술로 가득 차 있다. 이를테면 시조로 풀어낸 박시교 시인 자신의 미학적 자화상을 그린 것으로 보인다. 시인은 감성적으로, 그리고 지적으로 열려 있으며 자유로운 표현 욕구와 강한 자기 의지를 내비치고 있다. 사물(대상)의 해석에 대한 시인 나름의 렌즈를 가지고 있는 것으로 해석할 수 있을 것이다. 그것은 환경적, 외적 발산보다 훨씬 내밀한 내적 천착과 그 충일성에 역점을 기울이고 있는 것으로 보인다.

이제 더는 잃어버릴 그 무엇도 없는 날

햇살이 길 열어놓은 부석사 오르면서

수없이 되묻던 생각 길섶에 다 내려놓는다

대답이 두려워서 꺼내지 못하였던

그래서 가슴속에 응어리로 남아있던

함부로 보일 수 없었던 그 상처도 내려놓는다

바라건대, 누군가의 마음을 읽어주듯이

천근 우람한 돌도 가볍게 괴어놓듯이

일주문 언덕 오르며 그 마음도 내려놓는다

—「부석사浮石寺 가는 길에」 전문

시인은 "이제 더는 잃어버릴 그 무엇도 없는 날" 부석사 일주문 언덕배기를 터벅거리고 있다. 이 대목에서 지금/오늘의 현재적 삶과, "햇살이 길 열어놓은" 절집을 찾아가면서 예단하기 어려운 내세/미래의 삶을 짚어내기도 한다.

누가 또 먼 길 떠날 채비 하는가보다

들녘에 옷깃 여밀 바람 솔기 풀어놓고

연습이 필요했던 삶도 모두 놓아 버리고

내 수의壽衣엔 기필코 주머니를 달 것이다

빈손이 허전하면 거기 깊이 찔러 넣고

조금은 거드름피우며 느릿느릿 가리라

일회용 아닌 여정이 가당키나 하든가

천지에 꽃 피고 지는 것도 순간의 탄식

내 사랑 아나키스트여 부디 홀로 가시라

—「나의 아나키스트여」 전문

시인의 대표작 가운데 한 편이랄 수 있는「나의 아나키스트여」, 그리고 이번 수상작품「부석사 가는 길에」. 이 두 시편은 앞뒤 짝을 이루면서 서로 연결고리를 가지고 있다. 이른바 이미지와 담론談論의 시학을 멋지게 풀어낸 이들 작품은 문학, 혹은 예술의 보편적 이디엄(관용어)을 따르면서, 그리고 정교한 복선을 깔면서, 삶·죽음·열반을 상징하는 기제를 암시하고 있는 것으로 보인다. 이 말을 요약하면 이승(사바세계)→북망산北邙山(죽음·소멸)→저승(피안)→열반(해탈)으로 귀결되는 상징체계를 도출해낼 수 있을 것이다. '해탈의 문'으로 통하는 "일주문 언덕 오르며 그 마음도 내려놓는다"(「부석사 가는 길에」)거나, "내 수의엔 기필코 주머니를 달 것이다"(「나의 아나키스트여」)라고 토로하면서 반어법反語法으로, 또는 역설적逆說的으로 시인의 내면의식을 고백하고 있는 것이다. 끝끝내 겨운 이생을 온몸 버팅기며 살아가고자 하는 화자의 강렬한 삶의 의지를 드러내고 있지 않는가. 라캉의 이론을 빌려 말하건대 죽음 · 소멸, 혹은 비움 · 내려놓음을 뒤집어 해석하면 기필코 살고자 하는 강렬한 삶의 의지가 그 안에 짙게 깔려있는 것이다.

인용한 두 시편은 박시교 시인만의 '독특한 통찰력'이 포개져 있다. 그러므로 독특한 통찰력이 돋보이는 「부석사 가는 길」을 망설이지 않고 제5회 한국시조대상 수상작품으로 선정하는 데 찬성한다.

【심사평】

"부석浮石"이 갖고 있는 상징성과 감칠 맛나는 묘미

이지엽

선고를 통해 올라온 작품을 일별하면서 현대시조의 다양성에 대해 다시 한 번 깊은 경외감을 갖지 않을 수 없었다. 사실상 어느 작품을 선해도 그만한 충분한 가치가 있을 터였다. 그러나 유독 한 사람을 결정하고 또 한 작품을 선별해야하는 고충을 감내해야한다. 선고된 작품 중에 우리 심사위원 일동은 특히 박시교 시인의 작품에 주목을 하게 되었다. 「부석사浮石寺 가는 길에」, 「겨울 헌화가獻花歌」, 「멍」, 「그리움의 배후背後」, 「청량산淸凉山」, 「봄눈」 등의 작품에서 깊을 대로 깊어진 현대시조의 중후한 모습과 좌표를 읽을 수 있었다.

「부석사 가는 길에」에는 "이제 더는 잃어버릴 그 무엇도 없는" 시적자아의 마음을 비워내는 모습이 담담하면서도 차분하게 잘 형상화되어 있다. 특히 "부석浮石"이 갖고 있는 상징성이 마지막까지 감추어져 있어 읽는 묘미를 더해준다. "바라건대, 누군가의 마음을 읽어주듯이"에서 시인은 비로소 그 "누군가의 마음" 중 일부로써 의상대사에 대한 선묘낭자의 간곡한 마음을 가만히 올려놓는다. 간절하게 사랑하는 마음이었지만 10년을 기다리고도 얼굴조차 못 본 선묘낭자가 거대한 하늘에 뜬 돌, 부석浮石이 되어 소승잡학의 반대하는 무리를 두려워 떨게하며 물러가게 하여 그 자리에 화엄을 융성시킬 사찰을 세울 수 있게 한 설화의 내용과 상통하기 때문이다. 그렇다면 시인은 오늘의 현실에 현신한 선묘낭자와 상통하는 인물, 곧 선묘낭자가 되는 것이다. "시인=선묘낭자" 이렇게 이 작품을 읽어도 큰 문제는 없다. 이렇게 읽으면 "가슴속에 응어리로 남아있던/함부로 보일 수 없었던 그 상처도 내려놓"는다는 의미가 더 확실하고 아프게 다가오기도 한다.

그런데 시인이 의도하는 바는 여기를 훨씬 넘어서 있는 것으로 보인다. 시인의 본래 의도는 "시인=의상, 시적자아=선묘낭자"의 관계를 설정하고 있기 때문이다. 시인은 작품 하나를 얻기 위해 정진하는 의상과도 같이 "잃어버릴 그 무엇도 없는" 진정성을 지닌 존재다. 그에게는 사랑의 애증보다는 의상이 진정한 불심을 찾듯, 보다 명징한 작품 하나에 대한 열망이 강하기 때문이다. 그러나 이제는 그것까지 내려놓아야 한다. 마치 시적자아는 선묘낭자가 "천근 우람한 돌도 가볍게 괴어놓듯" 작품 하나에 대한 미련까지도 내려놓고 있는 것이다. 그 내려놓음이 결국 하나의 완벽한 작품으로 이렇게 우리 앞에 서 있는 것이다. 그런 점에서 늘 천근처럼 우람한 애증과 현실이라도 "가볍게 괴어놓듯" 모든 것을 벗어버리고 진정한 하나의 작품을 얻는데 성공하고 있는 박시교 시인의 「부석사 가는 길에」가 보여준 문학적 탁월성에 아낌없는 박수를 보내고 싶다. 수상을 진심으로 축하드린다.

【수상소감】

빛진 삶을 살겠습니다

박시교

저는 이제까지 살아오면서 바닥난 통장 잔고 문제로 걱정하기보다는 한두 편 재고在稿 작품이 없을 때 더 초조하고 불안한 생활을 해왔습니다. 이런 습성은 과작이 몸에 밴 저에게는 일종의 자책의 채찍이었는지도 모릅니다. 그런데 지난해 2014년에는 무려 열세 편을 발표하였고, 여기에 더하여 두세 편의 잔고가 있는 그야말로 행복한 작품 부자의 한 해였습니다. 여기에는 내용보다 수량을 앞세운 옳지 못한 셈법이 없지도 않습니다만, 아무튼 저에게는 특별한 한해였습니다. 그리고 오랜만에 며칠간 고향 나들이를 하면서 여러 곳을 다시 둘러보기도 하였는데, 그 끝에 몇 편의 작품도 얻게 되었으니 마음이 더 넉넉했던 것이 아니었나 싶습니다.

그래서, 내친김에 올해 안에 시집을 묶기로 작정하고 있습니다. 2011년에 『아나키스트에게』를 냈으니 4년만이 되겠는데, 저의 게으른 보법으로는 상당히 서두른 감이 없지 않습니다. 어쩌면 뒤늦게 철이 드는 것이 아닌가도 싶고, 또 큰 병 뒤에 정신 차린 것 같기도 해서 마음이 아주 편합니다.

수상 소식을 듣고, 가장 먼저 떠오른 생각이 '빚'이었습니다. 연전에 "살면서 내가 진 빚이 너무 많구나 / 평생을 등짐 져 / 갚아도 다 못 갚을 / 그 빚을 얼마나 더 지려고 / 오늘을 또 살았다 …… "라고 「빚」이란 작품을 쓴 적이 있습니다만, 그동안 글 동네에 많은 빚을 지고 살았는데 여기에 또 보태는 것은 아닌가 하는 생각이 앞섰기 때문입니다. 그랬습니다. 등단 이후 45년 동안 여러 선후배님들과 동료들의 각별한 관심과 정을 받았던 일, 그리고 저의 문학 행보에 직간접으로 도움을 주었던 점 등등이 하나하나 떠올랐습니다. 모두 고맙습니다.

그런데, 제가 일찍 교통사고로 다리를 크게 다친 뒤 '무릎 꿇고 하는 큰절'을 할 수가 없습니다. 그래서 제가 이 세상에서 가장 사랑하고 존경하는 어머니께 생전은 물론이고 돌아가신 영정 앞에서도 절을 올리지 못하는 불효를 저질러야만 했습니다. 결혼 때도 성모님 앞에 무릎 꿇고 기도드리지 못했습니다. 세배도 마찬가집니다. 그러니 장애는 죄罪라는 생각을 평생의 빚에다가 더 보탠 삶이었습니다. 미안하고 부끄럽습니다.

시는 가슴으로 써야 한다는 나름대로의 평소 지론에 얼마만큼 충실했었는지는 장담할 수 없지만, 단 한 번도 시 앞에서 허세를 부리거나 비겁하지 않으려 노력했습니다. 아울러 시조니까 다 담아낼 수 없을 것이라는 부정적인 생각을 가지거나 미리부터 피하려 한 적도 없습니다. 오히려 숙명처럼 주어진 형식이라면 그 안에서 더 넓고 더 깊이 사유하며 향유하고자 했습니다. 그러나 시는 여전히 제게 있어 미답未踏의 세계입니다.

본상 〈한국시조대상〉 제정 운영위원님들과 심사위원님들께 고맙다는 말씀드립니다.

지난해 월간 ≪유심≫지에 실었던 산문 '나의 삶 나의 문학'의 마지막 부문을 여기 다시 옮기는 것으로 저의 수상소감을 맺으려 합니다.

"문학이라는 어렵고 벅찬 이 길 위에서 신 끈을 다시 조여 매야겠다는 다짐을 해본다. 그리고 느리더라도 천천히 걸으면서 길가의 애기똥풀 등도 보고, 곤줄박이 등 새들의 재잘거림도 듣고, 길을 가다가 마주치는 사람들과는 손을 잡고 속엣말도 나누고, 무언가를 끊임없이 그리워도 할 것이다. 또 그렇게 그 모두를 사랑할 것이다."

감사합니다.

박시교

韓國時調大賞

1945년 경북 봉화에서 출생하여 1970년 매일신문 신춘문예 당선과 ≪현대시학≫ 추천으로 등단. 시집 『겨울강』, 『가슴으로 오는 새벽』, 『낙화』, 『독작(獨酌)』, 『아나키스트에게』 등이 있고, 시선집 『지상에서 가장 아름다운 이름』, 합동시집 『네 사람의 얼굴』, 『네 사람의 노래』와, 편저 『저항시인 동주, 육사, 상화』 등이 있음. 오늘의 시조문학상, 중앙시조대상, 이호우문학상, 가람시조문학상, 고산문학대상 등을 수상했음.

【수상작】

부석사浮石寺 가는 길에

이제 더는 잃어버릴 그 무엇도 없는 날

햇살이 길 열어놓은 부석사 오르면서

수없이 되묻던 생각 길섶에 다 내려놓다

대답이 두려워서 꺼내지 못하였던

그래서 가슴속에 응어리로 남아있던

함부로 보일 수 없었던 그 상처도 내려놓다

바라건대, 누군가의 마음을 읽어주듯이

천근 우람한 돌도 가볍게 괴어놓듯이

일주문 언덕 오르며 그 마음도 내려놓다

【2014년 발표작】

겨울 헌화가獻花歌 외 4편

단 한 번도 꽃다운 삶 살아보지 못한 넋이

남들 다 피었다 진 철 지난 엄동설한에

마침내 온 산 들녘을 피워 내는 꽃이여

당신 계신 그곳에는 피었을 것 같지 않아

한두 송이 곱게 꺾어 보내드리고 싶지만

먼 길에 시들면 어쩌나 눈이 부신 눈꽃이여

—《현대시학》 2014년 4월호

그리움의 배후背後

봄 오는 무섬마을에 가서 나는 보았다

천천히 흐르는 강 위로 놓인 외나무다리를

저 홀로 건너고 있는 그리움의 뒷모습을

아직도 옛사랑이 머물러 살고 있는 듯한

고전古典 닮은 처마 낮은 집 몇 채 거느린

마을에 나부끼며 지는 이른 꽃잎 보았다

—《한국동서문학》 2014년 여름호

청량산清凉山

눈 맑은 사람이 한번쯤 가 보아야 할

마음 밝은 사람이 찾아가 쉬어도 좋을

그런 산 열두 봉우리 두런두런 펼쳐 있다

원효와 김생의 굴 퇴계의 오산당五山堂

내외內外의 청량이 그 품에 감싸 안고

발치엔 천년의 그리움 낙강洛江까지 틔웠다

금강산 일만이천봉 다 빚어 세운 손手이

그래도 성차지 않아 남은 정성 쏟아 부어

비로소 마감했나니 이름하여 소금강小金剛

—《한국동서문학》 2014년 여름호

봄눈

사월에 웬 눈발이냐

지는 꽃 투정하듯

청명과 곡우 사이

영문 모른 채 불려나온

민망한 저 흔들림 속에

나도 잠시 나부끼다

—《시와소금》 2014년 여름호

멍

네 살 속
또는 영혼 속
깊이깊이
숨어들어

하나의 목숨임을 확인하는 순간의 전율

참았던
비명을 삼키는
오, 아뜩한
절명.

—《나래시조》 2014년 가을호

【자선 대표작】

독법讀法 외 9편

산 이라 써 놓고 높다 라고 읽는다

하늘 이라 써 놓고 드높다 라고 읽는다

한 사람

그 이름 써 놓고

되뇌는 말

— 그립다

나의 아나키스트여

누가 또 먼 길 떠날 채비 하는가보다

들녘에 옷깃 여밀 바람 솔기 풀어놓고

연습이 필요했던 삶도 모두 놓아 버리고

내 수의壽衣엔 기필코 주머니를 달 것이다

빈손이 허전하면 거기 깊이 찔러 넣고

조금은 거드름 피우며 느릿느릿 가리라

일회용 아닌 여정이 가당키나 하든가

천지에 꽃 피고 지는 것도 순간의 탄식

내 사랑 아나키스트여 부디 홀로 가시라

수유리水諭里에 살면서

수유리에 살면서 내 가장 즐거운 날은

밤새 비 내려서 계곡물 넘치는 때

그 소리 종일 들으며 귀를 씻는 일입니다

어떤 때는 귀 혼자서 고향 냇가 다녀도 오고

파도소리 그립다며 동해 나들이도 즐기지만

이날은 두 귀 하나 되어 꼼짝도 않습니다

수유리에 살면서 안빈安貧이란 옛말을

새록새록 곱씹을 때도 바로 이런 날입니다

당신도 들었으면 해요, 귀 씻는 저 물소리

지상에서 가장 아름다운 이름

그리운 이름 하나 가슴에 묻고 산다

지워도 돋는 풀꽃 아련한 향가 같은

그 이름

눈물을 훔치면서 되뇌인다

어-머-니

독작獨酌

상처 없는 영혼이

세상 어디 있으랴

사람이

그리운 날

아, 미치게

그리운 날

네 생각

더 짙어지라고

혼자서

술 마신다

이별 노래

봄에 하는 이별은 보다 현란할 일이다

그대 뒷모습 닮은 지는 꽃잎의 실루엣

사랑은 순간일지라도 그 상처는 깊다

가슴에 피어나는 그리움의 아지랑이

또 얼마의 세월 흘러야 까마득 지워질 것인가

눈물에 번져 보이는 수묵빛 네 그림자

가거라, 그래 가거라 너 떠나보내는 슬픔

어디 봄 산인들 다 알고 푸르겠느냐

저렇듯 울어쌌는 뻐꾸긴들 다 알고 울겠느냐

봄에 하는 이별은 보다 현란할 일이다

하르르 하르르 무너져 내리는 꽃잎처럼

그 무게 견딜 수 없는 고통 참 아름다워라

더불어 꽃

얼마큼 황홀해야 갇혔다 하겠느냐

이미 나는 네 안에서 봄날 아지랑이처럼 가물가물
피어나는 가쁜 숨결일 뿐인 것을

무엇을 더 바라겠느냐

이만하면 꽃이다

파도波濤에게

시퍼런 칼날을 수없이 들이대지만

번번이 베이는 건 자신의 가슴일 뿐

피멍 든 상처를 씻는 손길만 바쁘다

모래펄엔 잦아들고 절벽 만나 포효하는

뒹굴고 부딪치고 부서지는 저 몸부림

온전히 가둘 수 없어 망망대해 펼쳤다

일어서자
일어서자
하늘과 한판 붙자

노도怒濤의 저 함성도 끝내는 잠재우며

먼 바다 심해深海의 울분 다 실어와 눕힌 너.

꽃 또는 절벽

누구나 바라잖으리

그 삶이

꽃이기를,

더러는 눈부시게

활짝 핀

감탄사기를,

아, 하고

가슴을 때리는

순간의

절벽이기를

산을 읽다

산 아래 살면서 철따라 산 읽는다

이제 막 눈 뜨는 자잘한 그리움의 풀꽃들도 속살 수줍게 내비치듯 여릿여릿 피어나는 아기초록까지도 다 보듬어 품는 봄산, 푸른 옷자락 펄럭이는 그 사이사이 요염한 살 냄새를 확 끼얹으며 끈끈한 욕정을 일깨우는 여름산, 새삼 주체할 수 없는 별리의 뜨거운 눈물 붉게 물들이며 그렁그렁한 깊이 모를 하늘 펼치는 조락의 가을산, 아아 또다시 그 멍울진 가슴팍을 쩡쩡 금이 가게 해놓고 매운바람으로 쓸어내리는 은백銀白의 눈발 덮어 더욱 황홀한 저 겨울산,

그 아래 멍하니 되어 산 읽으며 산다

【작품론 1】

소요(逍遙)의 결로 일궈낸 시조미학

— 근작 시집『아나키스트에게』를 중심으로

하 린

1. 소요의 힘

시를 쓰는 일이란 존재론적 의미를 감각 경험으로 형상화해서 직조시키는 일이다. 시인은 부단히 '지금-여기'에 암시적으로 깃든 주체의 외적 · 내적 의미를 집요하게 탐구하여 가장 적절한 형식과 내용을 선택한 후 자신만의 목소리와 정서로 시적 정황을 재창조해 나간다. 이때 적절한 형식과 내용은 주체의 경험적 맥락과 정서에 얼마나 부합하느냐에 따라 결정된다. 적절성 측면에서 시조는 매우 탁월한 장르이다. 압축미가 있는 언어와 형식으로 가장 탁월한 미적 가능성과 힘을 보여줄 수 있다. 그러나 미적 가능성과 힘이 시조라는 틀에 수동적으로 얽매이게 되면 오히려 한계점만을 도출시키게 된다. 따라서 시조의 틀을 능동적인 태도로 내재화하여 자유로움을 획득하는 것이 급선무다. 틀이 있는 듯 없는 듯 틀을 타고 넘는 자유로움은 시조를 세련된 형식미로 발전시킬 원동

력이 될 것이다.

틀이 갈등의 대상이 될 것인가 아니면 동반의 대상이 될 것인가 하는 것. 이것이 현대 시조가 갖는 운명이다. 그런 면에서 시조를 쓰는 일은 시를 쓰는 일보다 훨씬 더 고독하고 외롭다. 창작의 매순간 시조라는 형식이 자유를 추구하려고 하는 시인의 발목을 자꾸 부여잡고 고립시키려고 하기 때문이다. 그렇다면 시조시인은 이런 고독과 외로움을 어떻게 극복해야 할까? 어차피 시조의 형식이 운명이라면 운명을 받아들이고 운명과 함께 자유롭게 시춤을 추면 될 것이다. 자유로운 시춤. 필자는 이것을 박시교의 시집 『아나키스트에게』에서 발견했다. 성공하지 못한 시조는 틀을 그저 족쇄로 여기지만 성공한 시조는 틀을 형식미로 승격시킨다. 박시교의 시조는 형식미가 갖는 장점을 우리에게 선사한다. 가독성이 좋아 읽음에 막힘이 없다. 거기에 압축의 미와 여백의 미가 풍부하게 살아있다. 틀이라는 형식과 자유로움이라는 정신이 맞물려서 박시교 만의 미학적 경지를 이룩했다.

2. 소요의 과정

박시교의 미학적 경지는 완결형이 아니라 진행형이다. 지금도 활발하게 창작에 임하고 있는 현역 시인이기 때문이다. 그의 시조 미학이 어떤 궁극을 향해 가고 있는 지를 파악하기 위해서 필자는 근작 시집을 집중적으로 살폈다. 『아나키스트에게』를 읽었을 때 처음 와 닿았던 느낌은 '허무', '그리움', '고독'이다. 그런데 이 세 단어가 발원된 지점은 일정했다. 그것이 정신적 · 육체적 소요逍遙를 통해 이루어지고 있었던 것이다. 내재된 정서가 소요로 인해 발현되고 발현된 지점에서 시조라는 형식을 만나 박시교 만의 시조미학을 만들어냈다. 슬슬 거닐며 돌아다니는 산책의 의미를 가진 소요를 박시교는 자신도 모르게 실천한 것이다.

내가 매일 혼자서 산을 오르는 것은

산 아래 살며 배운 말 버리기 위해서다

이제 곧

산이 내 산행을

가로막을 것이다

—「어떤 산행山行」 전문

삼성암 가는 길은 가파른 언덕이다

숨이 목에 찰 때쯤에야 겨우 다다르는 곳

마음의 절 한 채 지어놓고 그 길을 오른다

일주문 아래로 난 곧은길은 버려야 한다

소나무 숲 우거진 길도 비켜서 가야 한다

삼성암 마주 보고 앉은 또 다른 절터까지

—「보법步法」 전문

소요에서 가장 중요한 의미는 무위자연적인 태도로 인위성에 얽매이지 않고 무한 자유를 본성에 따라 실천하는 것이다. 소요는 장자가 처음 사용한 말은 아니지만[1] 장자의 '소요유(逍遙遊)' 때문에 널리 알려진 말이다. '소요유'는 사람마다 그 해석이 조금씩 차이가 있다. 학자들마다 해석이 다르지만 일반적으로 '소요유'는 "일체의 세속적인 속박에서 벗어나 하늘과 땅을 다스리는 존재처럼 마음대로 노니는"[2] 것이라는 공통해석이 존재한다. 그런데 『莊子』에서 '소요유'가 제일 앞자리에 놓인 이유는 무위자연과 도를 향한 무한 자유의 상징으로 소요가 쓰였기 때문이다.

육체는 사물의 자연스런 변화에 순응하는 것이 제일이고 心情은 본성을 따르는 것이 제일이다. 자연의 변화에 순응하면 서로 떨어지지 않고 본성을 따르면 마음의 번거로움이 없다. 겉치레를 찾아 몸에 지닐 필요가 없다. 겉치레로 외모를 꾸밀 필요가 없어지므로 外物에 의존할 일이 전혀 없어지고 만다.[3]

"육체는 사물의 자연스런 변화에 순응하는 것이 제일"이고

1) "사실상 소요라는 단어는 장자가 처음 사용한 것이 아니라 『시경(詩經)』에서 가장 먼저 사용하였다. 『시경, 정풍(詩經, 鄭風)』, 「청인(淸人)」을 보면 "하상호고상(河上乎翺翔)"과"하상호소요(河上乎逍遙)"라는 문장이 나오는데 언어학적으로 "소요"와"고상(翺翔)"비슷한 의미를 지킨다."(김해룡, 「『莊子』의 逍遙사상 및 外, 雜篇에서의 소요사상 변화」, 대진대학교 석사논문, 2008, 38쪽.)

2) 장자, 김석환 역주, 『장자』, 학영사, 2006, 17쪽.

3) 『莊子』, 「山木」, "形莫若緣, 情莫若率. 緣則不離, 率則不勞不離不勞, 則不求文以待形不求文以待形, 固不待物."

"心情은 본성을 따르는 것이 제일이다."[4]라고 장자는 말했다. 그러나 인간은 혼자 살 수 없기에 사회를 이루고, 인위적인 법과 규칙을 만들어 그 법과 규칙 안에서 노예처럼 살아간다. 그렇다면 장자는 우리에게 사회적 인간으로서의 의무와 권리를 포기하라고 한 것인가? 꼭 그렇지만은 않다. '자연'이란 단어를 '환경'으로 바꿔보자. 환경의 변화에 순응하면서 환경과 공존하면서 본성을 따르면 "마음의 번거로움이 없"게 할 수 있고, "겉치레로 외모를 꾸"미지 않게 되며 "外物에 의존"하지 않을 수 있다. 무위라 해서 아무것도 하지 않는 것은 아니다. 무위는 환경 속에서 곧은 본성을 회복하고 그 본성에 따라 생활하는 것을 말한다.

「어떤 산행山行」에 나오는 주체처럼 박시교는 소요하듯 산행을 한다. 외롭게 혼자서 산행을 하는 이유는 "산 아래 살며 배운 말 버리기 위해서다". '산 아래 살며 배운 말'은 꼭 불교적 의미로 속세의 말로 인식하지 않더라도, 분명 산 속의 말과는 구분되는 말이다. 산 아래에서 가졌던 의식과 이성, 본성, 시쓰기 등으로부터 자신을 되돌아보려는 의미로 읽힌다. 이것은 자연 본래의 무위적인 언어관을 획득하려는 행위이다. 인위적인 언어는 관습과 인습에 둘러싸인 언어이지만 무위적인 언어는 정반대다. 순수 본질적인 본성에서 자생적으로 안에서 밖으로 발현되는 언어다. 시인은 무위적인 언어를 획득하려고 과감하게 "산 아래 살며 배운 말"을 버린다. 어떤 이는 분명 산 아래 말을 다 버리면 더 이상 시인이 아니라고

---

4) 『莊子』, 「山木」, "形莫若緣, 情莫若率. 緣則不離, 率則不勞不離不勞, 則不求文以待形不求文以待形, 固不待物."

할 것이다. 그러나 이것은 산 아래의 문명(환경)을 버린다는 뜻이 아니다. 산 아래 환경을 대할 때에도 순순 본성으로 다가가겠다는 의미다. 시인은 꾸준한 소요로 산 아래의 말을 다 비워낸다. 더 이상 버릴 말이 없기에 "이제 곧// 산이 내 산행을// 가로막을 것이다"라고 말한다. 시인으로써 새로운 말을 채울 때가 됐음을 암시한 것이다. 「어떤 산행山行」을 통해 우리는 소요하듯 거닐면서 자신의 말을 끊임없이 비워내는 박시교 시인의 뒷모습을 선명하게 상상할 수 있다.

「보법步法」에서 주체는 '삼성암'을 찾아 간다. 그러나 그것은 명목상 목적일 뿐 "마음의 절 한 채"를 만나는 게 목적이다. 삼성암은 "곧은길은 버"리고 "가파른 언덕"을 지나야만 갈 수 있다. "마음의 절 한 채"가 있는 절터를 만나기 위해 스스로 고행을 택한 것이다. "마음의 절 한 채"는 관념적이지만 분명 쉽게 만날 수 있는 장소는 아니다. 단적으로 말해 불교가 비워냄의 철학이기에, "마음의 절 한 채"는 주체의 모든 것을 비워낸 자리에 세워진 '무위'를 암시한다. 이렇게 박시교는 시집 안에서 무위로 획득되는 순수 본질과 순수 본성을 찾기 위해 소요를 멈추지 않았다.

3. 소요의 궁극

소요는 거창한 여행이나 심오한 깨달음이 아니다. 자연스럽게 노닐 듯 무위적인 태도로 시적 대상이나 타자를 만나면 된다. 이런 만남이 없다면 우리 몸은 우주 안에 있는 몸이 아니라 단독자로서 격리된 몸이다. 그래서 우리의 몸이 누군가와 맞물려 있음을 깨닫는 일은 '나'를 우주의 한 부분으로 인식하는 중요한 순간이다.

> 형체를 가지고 태어났으면 몸을 손상시키지 말고 다하기를 기다려야 한다. 밖의 물건과 서로 맞서서 마찰을 일으켜 인생을 달리듯 살아가면서 발길을 멈추지 못한다면 슬픈 일이 아닌가?[5]

장자의 소요에 대한 오해 가운데 하나는 소요가 속세를 떠난 자연친화적 삶이라는 것이다. 장자는 속세를 떠나라고 하지 않았다. "몸을 손상시키지 말고 다하기를 기다려야 한다."고 했고, "밖의 물건과 서로 맞서서 마찰을 일으켜 인생을 달리듯 살아"가면 안 된다고 했을 뿐이다. 몸을 손상시키지 말라는 것은 몸의 본성에 따라 몸이 시키는 대로 살아가라는 것이고, 달리듯 살아가면 안 된다는 것은 마음의 여유를 갖고 무한 경쟁에서 벗어난 삶을 살라는 것이다. 천천히 '사무사思無邪'의 정신이 되어 사유하면서 걷는 일, 이것이 진정한 소요이다. 그런 소요를 실천하게 되면 시적 주체에게는 무슨 일이 일어날까? 자유로움이 극에 달해 대상과 타자의 본성과 주체의 본성이 만나는 '물화'나 전이가 일어나게 된다.

> 얼마큼 황홀해야 간혔다 하겠느냐
>
> 이미 나는 네 안에서 봄날 아지랑이처럼 가물가물

5)『장자』,「제물론」, "與物相刃相靡, 終身役役而不見其成功, 茶然疲役而不知其所歸."

피어나는 가뿐 숨결일 뿐인 것을

무엇을 더 바라겠느냐

이만하면 꽃이다

—「더불어 꽃」 전문

비 오시는 일 하나로도 세상은 자욱한데

풀숲들은 저마다의 몸짓으로 술렁대고

누가 또 풀어놓았을까, 먹물처럼 번지는 안개

여직 강을 건너지 못한 꽃들 젖어서 지고

이쯤에서 당신마저 작별하고 돌아서려는데

산 같은 음울한 적막이 내 앞을 막아선다

—「비」 전문

자연의 섭리에 부합한다는 것은 우주의 섭리에 부합한다는 말과 같다. 우주의 섭리에 부합하려면 자유로운 소요를 통해 운동성을 가지고 대상이나 타자와 만나야 한다. 움직임은 몸이 다른 대상과 만나는 것을 의미하는데, 그 만남을 통해 주체는 유기적 존재임을 인식하고, 만물의 섭리인 우주 안에 있는 자신의 본성을 발견하게 된다. 「더불어꽃」에서 주체는 꽃

(자연스럽게 사랑하는 이로 치환됨)이라는 대상과 물화 내지는 합일을 이루고 있다. 주체는 "봄날 아지랑이처럼 가물가물/ 피어나는 가뿐 숨결"이 되어 꽃의 내부에 자리한 자기 자신을 발견한다. "얼마큼 황홀해야 간"힐 수 있을까. 꽃 속에서는 그 이상 그 이하도 더 바랄 것이 없다. "이만하면 꽃이다"라고 하며 주체는 꽃의 본성과 아무 거리낌 없이 하나가 되어 시춤을 춘다.

물론 박시교에게도 무위적인 절대 자유에 이르기까지 얽매임이 있었던 때도 있었다. "썩은 것은 도려내고/ 망령들은 쳐내"버리고 "찬란한 그 개벽 위해" "단칼에 쓸어버리고야 말/ 눈빛"의 "형형한 협객"(「협객俠客을 기다리며」)을 기다렸고, 생을 "이쯤서 접어도 좋을" "한 필 두루마리"라고 생각하여 "지워도 지워지지 않을 상처"를 간직했던 때도 있었다. "여직도 못내 사무쳐 가슴을"(「옹이」) 짓누르던 감정을 비워내지 못했던 것이다. 이러한 주체의 외적 갈등이나 내적 갈등이 나타난 시는 시집 『아나키스트에게』에서 몇 편밖에 되지 않는다. 그는 「술시」에서처럼 곧바로 "세상과의 온갖 불화不和"를 거두고 "술 한 잔 너그러이 마시면서 화해和解 하려"는 시적 태도를 견지한다. 자신 안에 있던, "감춰두고 살던/ 눈물과도 작별"하고 단호하게 순수 본질과 본성을 찾아 소요한다. 그래서 시인은 "여름내/ 풀잎들을/ 읽고" "풀벌레 독송讀誦 따라" "첩첩 쌓인/ 만권의" "푸른 책"(「백로白露 무렵」)을 소화해 낼 수 있는 경지에 이르게 된다. 주체의 본성이나 타자나 대상의 본성을 제대로 읽고, 서로 만나는 지점에서 발현된 본질적인 의미와 정서를 자유자재로 시에 담을 수 있게 된 것이다.

「비」에서 우리는 그것을 뚜렷하게 확인할 수 있다. 이별을 앞둔 주체가 있다. 이별의 정한이 앞설 텐데 주체는 내적 갈등을 가라앉히고 겸허하게 이별을 받아들이며 자신을 둘러싼 세계를 묵묵하게 읽어 나간다. 이별 앞에서 이토록 차분할 수 있는가. 차분한 본성을 획득하니 주체에게 비는 내리는 게 아니라 오시는 것이 된다. 비로 인해 "세상은 자욱"하고 "풀숲들은 저마다의 몸짓으로 술렁"댄다. 그런데도 주체는 우월성을 버리고 대상에 깃든 본성을 면밀하게 읽어나간다. 이 시에 나타난 비의 본성은 고요함이다. 소나기나 폭우의 본성이 아니라 고요를 풀어헤치는 는개비의 속성을 갖는다. 서러울 것 하나 없다고 주체를 다독이며 '먹물처럼' 안개가 번져간다. 이제 주체의 눈앞에 "강을 건너지 못한 꽃들"이 지고 있다. 주체는 이별의 서러움보다 고요 속에서 지고 있는 꽃의 죽음이 더욱 안타깝게 여겨진다. 꽃은 주체의 마음을 대변하므로 사랑하는 이를 향한 마음의 소진이 눈앞에 있는 것이다. 그래서 주체는 "산 같은 음울한 적막이 내 앞을 막아선다"라고 하면서 자신 내부에 있는 슬픔의 본성을 아름답게 토로한다.

박시교는 이렇게 자신 안에 있는 본성과 타자의 본성, 대상의 속성을 무위적으로 읽어내어 시로 형상화해내는 작업을 멈춤없이 진행한다. 마음의 거리낌 없이 천천히 세상 안을 거닐며 면밀한 안목으로 주체와 대상을 동시에 무위적으로 읽어내는 힘. 이것이 박시교가 창출한 시조미학의 절정이다.

「나의 아나키스트여」는 그래서 더욱 더 값진 작품이다. 소요에서 추구하는 절대자유가 자연스럽게 형상화되었기 때문이다. 시에서 주체는 절대자유의 본성을 가지고 소요를 실천한다. "들녘에 옷깃 여밀 바람 솔기 풀어놓고/ 연습이 필요했던 삶도 모두 놓아 버리고" 미련 없이 죽음을 향해 떠날 준비를 한다. "수의壽衣엔 기필코 주머니를 달"고 싶다는 작은 바람만을 갖고 있는데, 그것마저 시인은 절대자유에 대한 본성으로 변환시킨다. "빈손이 허전하면 거기 깊이 찔러 넣고/ 조금은 거드름피우며 느릿느릿 가"려고 한 것이다. 시인은 죽음에 닿으려는 길에서조차 소요하려고 한다. '아나키스트'가 되어 홀로 덤덤하게 얽매임이 없는 길을 걸어 절대 자유에 이르려고 하는 시인의 모습이 자꾸 초연하게 다가온다.

4. 소요의 확대

사월에 웬 눈발이냐

지는 꽃 투정하듯

청명淸明과 곡우穀雨 사이

영문 모른 채 불려나온

민망한 저 흔들림 속에

나도 잠시 나부끼다

—「봄눈」 전문

앞에서도 언급했듯이 소요나 무위는 결코 세상을 등지는 게 아니다. 인위성을 버리고 근원적인 자리에서 본성을 발현해 새로운 자아를 발견하여 자아가 이끄는 대로 세상과 만나는 것이다. 박시교는 그런 소요를 통해 자유로운 언어와 자유로운 정서를 획득하여 무위적으로 창작에 임하고 있다. 그래서 허무 · 그리움 · 고독은 응전의 방식이 아니라 화해의 방식으로 모두 형상화 된다. 화해의 방식을 바탕으로 박시교의 시인의 시선은 이제 우주적 · 생태적 관계망을 면밀한 안목으로 폭넓게 읽어나가고 있다. 『아나키스트에게』 발간 이후 발표한 근작시 「봄눈」(《시와소금》 2014년 여름호)은 사월에 내리는 눈발 앞 선 주체의 정서를 솔직담백하게 그려낸다. 눈발의 본성과 꽃의 본성, 그리고 주체의 본성이 만나 '흔들림'이라는 동일한 정서를 빼어나게 표출시키고 있다. 생태적 관계망을 시조의 형식미로 유려하게 완성시킨 시다.우리는 박시교 시인의 다음 시집에서 우주적 · 생태적 관계망을 시조 미학에 아름답게 담아낸 시들을 더욱더 많이 만날 수 있을 것이다. ▧

하 린
1971년 전남 영광 출생. 2008년 《시인세계》 신인상으로 등단. 시집 『야구공을 던지는 몇 가지 방식』. 2011년 청마문학상 신인상 수상. 계간 《열린시학》 및 웹진 《22세기시인》 부주간.

【작품론 2】

실존적 고독에서 싹튼 무위無爲의 시학

— 박시교론

이송희

1. 존재의 내면을 더듬는 시

박시교 시인은 존재의 허무를 통해 세상의 본질에 대한 탐구를 지속적으로 보여주면서 그것을 인간 내면으로 이해하여 정적인 이미지를 그려낸, 시조시단의 원로다. 1970년「온돌방」으로《대구매일》신춘문에 당선되고, 같은 해 10월 월간《현대시학》에「노모상」,「접목」등이 추천되면서 등단한 그는 지금까지 사설시조와 평시조, 사설시조의 혼합이라는 다양한 시세계를 보여주었고, 평시조에서의 자유로운 행갈이를 시도하는 등 형식적 변용을 통해 시조의 현대성을 지향해 왔다. 1970년 당시《대구매일》신춘문에 심사평에서 "어린 나이임에도 자연친화적이고 역사성이 있어 호감을 느꼈으며 젊음의 패기와 함께 재기가 돋보였다"고 했던 이호우 시인의 언급은 형식과 내용을 아우르는 기교의 발랄함이 오늘까지도 고스란히 이어져 오고 있음을 입증하게 한다.

그는 세상의 본질을 허무와 공空으로 파악함으로써 삶은 결국 그리움과 허망함으로 귀결되는 것이라는 의미세계를 구축해 왔다. 그러나 그가 말하는 세상에 대한 허무의식은 절망적인 세계로만 치닫지 않고 "보다 크고 깨끗한 삶에의 다짐"으로 이어진다는 점에서 허무를 내 것으로 인식하는 성찰의 과정이라고 할 수 있다. 시조의 전통적 율격을 엄격히 지키면서 자연의 정서를 인간의 내면으로 이해하는 그의 시적 감각은 "그의 사유의 공간은 형상적 자연에서 내적 자아의 발견으로 비롯되고 이와 같은 자아의 발견을 통하여 그는 사물의 존재성을 보다 명확히 함으로써 다른 언어들로는 대처할 수 없는 진솔함으로 작품의 영원성을 다지고 있다"고 말한 김현의 언급을 통해서도 확인된 바 있다.

존재 성찰의 과정을 아름답게 형상화한 박시교의 시적 출발은 1970년대 산업화사회에서 빚어진 자기동일성의 상실감을 전통적인 정서인 '그리움'과 '허무의식'을 통하여 형상화함으로써 주체와 세계간의 동일성을 추구하는 데서 비롯된다고 할 수 있다. 유성호의 말처럼, 그의 시조쓰기는 잃어버린 근원적 동일성을 회복할 수 있는 미학적 대안으로 기능할 수 있겠다.

2. 헛헛한 그리움의 실체와 허무의 본질

시집 『낙화』의 해설에서 손진은은 박시교 시에 나타난 허무를 다음과 같이 언급한다. "아픔이나 슬픔으로 표상되는 허무는 일시적이고 가변적인 형태가 아니라 근원적인 양상을 띠고 있는데 그것이 가능하게 된 것은 자연의 효과적인 도입으로 이루어진다. 그는 자연을 시 속으로 끌어들여 고차원적인 아픔의 질서를 마련한다."는 것이다. 우선, 박시교 시인의 초기 대표작인 「바람집」 연작과, 「무미」 연작을 살펴봄으로써, 1970년대 정치 · 사회적 불안과 갈등, 소시민들의 고독과 소외 등이 어떻게 형상화되면서 허무의 본질을 드러내고 존재의 성찰을 이끌어 내는지 살펴보기로 하자.

내 곁을 아주 떠난
친구여 자낼 위해
마치 한 소절 노래도 나는 장만치 못했구나
가슴만 그렁케 하는 단지 그런 섭섭함뿐

청진동 막소주집
자네 몫의 빈 잔엔
철철 넘치게 가득가득 채워지는 한 잔의 바람
아 바람, 미처 못다 부른 청보리의 노래여.

—「바람집1 -고 임홍재 시인에게」 전문

죄다 돌아간 뒤 쓸고 있는 한 마당 정적
그런 정적 갈볕처럼 잔잔히 젖어오는 때
무시로 가슴 톺던 아픔도 그렇게는 여물리라

어느 날 늦은 귀로에 문득 생각된 죽음
죽음 한 끄나풀로 저승 난간 동여매면
놀 밖엔 온몸의 피가 물파래쳐오던 것

왼밤을 뜬눈 밝힌 이유야 모른다 치고
한 소절씩 잃어가는 내 뜨겁던 노래여
노래여, 허공을 쌓은 이승만한 바람이여

—「무미 9」 전문

박시교 시인은「바람집」과「무미」 연작을 통해 인간 내면의 허무와 무의미를 형상화함으로써 존재의 의미를 확인한다. 시인은 인간의 허무와 무의미 사이에 자리 잡은 이미지들을 차례로 배치함으로써 오랜 체험과 고심 끝에 얻어낸 허무의 본질을 형상화한다. 빈자리에 대한 그리움과 열망은 비어있는 내부에 가라앉은 의식세계를 들여다보게 한다. 작고한 임홍재 시인을 추모하고 있는 이 시에서 시인은 세상을 "더없이 크고 공허한 바람집 한 채"(「바람집 2」)로 인식한다. "내 곁을 아주 떠난/ 친구"에게 미처 한 소절 노래조차도 장만하지 못하고, 그의 몫의 빈 잔에 한 잔의 바람만 채워야 하는 허무한 마음을 서정적으로 승화하고 있다.

또 "망연히 그저 섰을 뿐/ 헛말만 흩뿌릴 뿐" 어떤 행동도 취하지 못하고 망연자실한 화자의 내면 풍경을 시인은「무미」의 연작을 통해 이미지화 한다. 시적 화자는 "무시로 가슴 톺던 아픔도" 끝내는 그렇게 여물 것이라고 스스로에게 이야기한다. 모두가 다 돌아간 뒤 쓸고 있는 마당의 정적이 가을볕처럼 잔잔히 젖어 오는 풍경을 바라본다. 그러다가 화자는 어느 날 늦은 귀로에 문득 생각나던 죽음으로 시상이 전환된다. 화자가 생각하는 죽음도, 죽음이라는 한 끄나풀로 저승 난간 동여매면 노을밖에 온 몸의 피가 물 파래 쳐온다고 인식한다.

이 강렬한 이미지는 생과 사를 초월함으로써 승화된 허무의 일면이라 할 수 있다. 그리고 마지막 수에서 왼 밤을 뜬눈 밝힌 이유는 모른다고 말하며 반전을 이끈다. 왼밤을 뜬눈 밝힌 화자의 뜨겁던 노래는 한 소절씩 잃어가고 그것은 허공을 쌓고 있는 이승만한 바람이라고 토로하며 시인은 본원적인 허무의 세계를 독자에게 보여준다. 그러나 「무미1」에서는 "불러서 따뜻한 이웃들 모두 떠난 빈 자리/ 아픔도 열 두 서너 번 껍질을 벗고 나면/ 속차던 산속이 살도 더러 돌이 되던가"라고 자위하는 과정을 통해 헛헛한 그리움의 실체와 허무의 본질을 형상화하기도 한다.

"가서 오지 못하는 것/ 이 세월뿐이 아"니라는 인식의 깨달음은 흘러가는 강물을 보면서 우리의 마음도 흘러가는 것이라고 노래한 「너의 강 1」에서 구체화된다. 저무는 강가에 앉아 "흐르는 세월"을 보면서 눈물 어린 시간을 떠올리는 「너의 강 2」 역시 허무시의 계보를 잇고 있다. "내가 부를 수 있는 이름/ 다 불렀다/ 겨울 철원평야/ 눈 내리는/ 허허로움 앞/ 무엇에 설레었던가/ 그리움도/ 키가/ 큰다"(「겨울 철원에서」)에서도 허허로움에 이어지는 그리움의 정서를 드러낸다. '이름'은 존재에 대한 드러냄의 상징이다. 시적 화자는 겨울 철원평야에서 부를 수 있는 이름을 다 부른다. 그리고 부재하는 대상으로 인한 허허로움 앞에서 또 다른 설렘으로 "그리움도 키가 큰다."고 말한다. 화자가 철원평야에서 부를 수 있는 이름들은 우리에겐 이미 그리운 존재가 되었음을 환기한다.

박시교 시에서 그리움의 대상은 "그 이름/ 눈물을 훔치면서 되뇌인다// 어 머 니"(「지상에서 가장 아름다운 이름」)에서처럼, 어머니이기도 하고, '소월', '전봉건', '임홍재', '권달웅','무산 스님', 가족, 친구, 그가 평소 좋아하는 문인과 화가이기도 하다. 그들의 삶을 투영하는 과정 속에서 헛헛한 그리움의 실체와 허무의 바닥이 드러나는 것이다.

3. 내적 자아를 발견하는 그리움의 슬픈 눈

이렇듯 박시교 시의 기저에는 '그리움'과 '허무의식'이 내재한다. 인간은 실존적 고독 때문에 그립고 허무해지는 것인데, 박시교 시에서 드러나는 허무는 자아와 세계의 동일성에 대한 모색의 과정이라는 점에서 쉽게 마음이 다치지는 않는다. 그의 작품 전반을 아우르는 '그리움'이라는 명제는 그리워하는 대상이 눈앞에 부재한다는 의식 속에서 더욱 간절해지고 궁극적으로는 '죄'라는 형벌의 의미까지 동반하며 존재의 실체를 드러낸다. 박시교 시인은 「힘 있고 빼어난 절창 시조가 많이 나와야 할 때」라는 글에서 "그리움은 시의 근간을 이루는 감성이어서 나무를 봐도 그렇고 모든 사람들에게 그리움이 없다면 시도 없을 것 같다."고 언급한 바 있다. 그에게 그리움은 특정 대상에 대한 애달픔이 아니라 삶의 굴곡진 면을 어루만지는 책무라고 할 수 있는 것이다.

그립단 말 함부로 한 내 죄 늦게 알았네

외로움과 혼동하여 마구 썼던 죄까지도

그러나 어쩌겠는가, 사람이 그리운 걸

일부러 산 밑 먼 길 휘돌아 흐르는 강

풍경 하나 멈춰선 듯한 그 적막이 서러워서

알았네, 애써 눈물 삼켰던 어릴 적 죄 키웠음을

—「그리운 죄罪」 전문

그럼에도 시인은 그립단 말을 함부로 하고 살았던 날들이 죄라고까지 표현한다. 그리움은 그 자체가 고통이다. 그러나 시인은 더욱더 강한 표현을 써서 '죄', '형벌'이라고 단언한다. 화자는 진정한 행복을 누리지 못했을까? 서럽고, 외롭고, 적막한 순간들을 살면서 그립다는 말을 함부로 하고 외로움과 혼동하여 마구 썼던 것까지도 늦게 알게 되었음을 고백한다. 그러나 시인은 곧바로 그리움이 죄라고 해도 사람이 그리운 걸 어쩔 수 없다고 고백한다. 시인은 그리움을 우리 삶의 본질적 관점에서 통찰한 것이다. 시인은 '강'이라는 자연물에 자아를 투사하지만 그리움의 대상에게 "산 밑 먼 길 휘돌아 흐르는 강"처럼 다가서지 못한다. 그러다가 "풍경 하나 멈춰선 듯한" 적막감에 서러움을 느낀다. 그러면서 화자는 어릴 적부터 애써 눈물 삼키며 그리움의 죄를 키웠음을 인식하는, 자학의 방법을 취한다.

살면서 내가 진 빚이 너무 많구나

평생을 등짐 져
갚아도 다 못 갚을

그 빚을 얼마나 더 지려고
오늘을 또 살았다

거느린 식솔이야 연緣의 굴레 썼다지만

가난한 주변머리로 쓴
고작 몇 줄의 시詩

그것이 드넓은 천지에
무슨 보탬 되겠는가

새삼 사는 일이 숙연해지는 오후 한때

눈감고 생각느니
산山같이 우람한 저 빚

그 아래 풀벌레처럼 엎드려
오오 곡哭, 곡할밖에

—「빚」 전문

시적 화자의 시인으로서 삶에 대한 반성과 성찰이 드러난 작품이다. 살면서 진 빚이 너무 많음을 고백하며 이 시는 시작된다. '식솔'들에 대한 빚은 '연의 굴레'라고 어쩔 수 없지만 "가난한 주변머리로 쓴 고작 몇 줄의 시"가 "드넓은 천지에/

무슨 보탬 되겠는가"하며 냉혹하게 자신을 바라본다. 세상 사는 일은 여전히 숙연해지고 빚은 여전히 산같이 우람하다. 그래서 화자는 빚 아래 엎드려 곡할 수밖에 없다고 말한다. 어쩌면 인간은 태어나면서부터 세상에 빚을 지고 있는지도 모른다. 그리고 그 빚을 갚지 못하고 결국 세상을 뜬다. 이 시는 이면의 허무에 대한 근원적인 성찰, 그리고 존재에 대한 통찰의 과정을 보여준다. 시인이라는 존재의 근원적인 허무에 대한 성찰은 허무의식을 받아들이는 의지적 자세라고 할 수 있다.

누가 또 먼 길 떠날 채비 하는가보다

들녘에 온갖 여밀 바람 솔기 풀어놓고

연습이 필요했던 삶도 모두 놓아 버리고

내 수의壽衣엔 기필코 주머니를 달 것이다

빈손이 허전하면 거기 깊이 찔러 넣고

조금은 거드름피우며 느릿느릿 가리라

일회용 아닌 여정이 가당키나 하던가

천지에 꽃 피고 지는 것도 순간의 탄식

내 사랑 아나키스트여 부디 홀로 가시라

— 「나의 아나키스트여」 전문

아나키스트는 자유를 최상의 가치로 추구하는 무정부주의자다. "먼 길 떠날 채비", "바람 솔기 풀어 놓고", "삶까지 모두 놓아 버리고"에서 화자는 허무로 경도傾倒된 면을 보여준다. 여기서 "연습이 필요했던 삶"을 모두 놓아 버린다는 말은 삶 자체가 실험이고 도전이며 큰 깨달음의 과정이라는 뜻이다. 기독교적인 교리로 접근해서 볼 때, 인생의 궁극적인 지향은 무조건적인 사랑의 구현이라고 했다. 그런데 연습이 필요했다는 것은 무조건적인 사랑을 온전하게 구현하지 못했던 삶이었음을 의미한다. 그러나 이런 삶을 화자는 모두 놓아 버리고자 한다.

그러나 곧 화자는 "수의", "기필코 주머니를 달 것"이라는 부분에서 허무를 적극적으로 수용하는 태도를 견지한다. 스페인 속담에는 "수의壽衣에는 주머니가 없다"란 말이 있다. 이는 죽어서 가져갈 것이 없기 때문이다. 그런데 화자는 "빈손이 허전하면 거기 깊이 찔러 넣"기 위해 기필코 주머니를 달겠다고 한다. 이때 화자는 "조금은 거드름피우며 느릿느릿 가리라"는 의지의 표명을 통해 아나키스트다운 태도를 드러낸다. 화자는 셋째 수에서 "일회용 아닌 여정"은 없다고 말한다. 여기서 일회용은 돌이킬 수 없는 여행이란 뜻이며, 삶의 여정이 일회성이란 의미가 된다. 스스로가 각성하지 못하면 육체를 통한 생사生死의 꿈은 계속해서 반복될 수밖에 없다. 이것을 불교에서는 윤회輪回라고도 하며 환생還生이라고 해석할 수도 있다. 삶은 결국 "일회용"이고, "천지에 꽃피고 지는 것도 순간의 탄식"이라고 화자는 평가하며 허무의식을 드러낸다. 그러나 “내 사랑 아나키스트여 부디 홀로 가시라”고 하며 자유를 추구하라고 간절하게 희구한다. 이는 삶을 능동적으로 견지하려는 자세와 함께 죽음으로 인한 허무까지도 받아들일 준비가 되어 있음을 보여준다.

시인은 또 “이 땅에 늦지 않게/ 한 협객이 왔으면 싶다”(「협객俠客을 기다리며」)고 갈망한다. “잡초처럼 말들만 무성한 이 강산을// 단칼에 쓸어버리고야 말/ 눈빛 형형한 협객이.// 썩은 것은 도려내고/ 망령들은 쳐내야 한다”는 의지가 단호하다. ‘협객’은 ‘호방하고 의협심이 있는 사람’이다. 화자는 주위의 현실을 “말들만 잡초처럼 무성한 이 강산”이라고 비관하며 이 땅에는 더 늦지 않을 시간에 호방하고 의협심이 강한 협객이 출현하기를 간절히 소망한다. 협객의 위상을 “한 목숨 불살라도 좋을 찬란한 개벽”을 여는 존재라고 보고 있다. 이는 허무의 존재를 ‘협객’이라는 매개를 통해 적극적인 참여와 능동적인 삶의 태도로 극복하려는 강인한 의지를 보여준다.

4. 비우며 사는 법에 대한 깨달음

허무를 받아들이는 방법은 더불어 사는 법, 그리고 마음을 비우며 사는 법에 대한 깨달음이 있을 때 가능하다. 이제 시인은, 존재의 성찰을 통한 깨달음에서 ‘허무’를 숙명으로 받아들이는 방식을 찾는다. 그것은 스스로 욕망을 버리는 지점에서 비롯되는 것임을 깨달은 것이다. 더 정확히 말하면, ‘그리움’과 ‘허무’의 정서들이 자신의 부재된 내면의 어느 한 부분에서 비롯된 욕망이고, 그 욕망이 결국 내 것이 아니었음을 인지하는 순간이 되는 것이다.

> 이제 더는 잃어버릴 그 무엇도 없는 날
>
> 햇살이 길 열어놓은 부석사 오르면서
>
> 수없이 되묻던 생각 길섶에 다 내려놓다
>
> 대답이 두려워서 꺼내지도 못하였던
>
> 그래서 가슴속에 응어리로 남아있던
>
> 함부로 보일 수 없던 그 상처도 내려놓다
>
> 바라건대, 누군가의 마음을 읽어주듯이
>
> 천근 우람한 돌도 가볍게 괴어놓듯이
>
> 일주문 언덕 오르며 그 마음도 내려놓다
>
> —「부석사浮石寺 가는 길에」 전문

비로소 화자는 "이제 더는 잃어버릴 그 무엇도 없는 날" 부석사를 오르면서 자신의 내면과 소통한다. 살면서 "수없이 되묻던 생각", 가슴속 응어리로 남아있던 "상처"를 내려놓는다. 불교의 연기설緣起說에 의한다면 독립된 개체로서의 '내가 있다'는 것은 결국 환영幻影이나 꿈일 수밖에 없다. 따라서 그 개아(個我)에서 비롯된 모든 것도 다 환영幻影일 수밖에 없는 것이다. 그럼으로써 거짓된 나를 위해 일으키는 욕망과 소유욕도 내려놓아야 한다. 그것은 본래 진정한 나의 것이 아니기 때문이다.

또한 시인은 「봄비」라는 시를 통해 무위의 삶을 이야기한다. "무위無爲와 잘 놀다 간 내 시우詩友 신현정이// '훔쳐 간 자전거' 타고 구름 사이 누비다가// 그곳이 무주공산無主空山이라며// 오줌 갈기는// 봄 한때"에서 '무위無爲'는 자연인데, 여기서 '위爲'는 사람의 손을 탄다는 것으로 자연스러운 모습과 대비되는 인공적인 영역을 의미한다. 있는 그대로 내버려 두면 탈 날 것이 없는데 우리는 자연의 영역에 손을 댄다. 자연은 내버려 두어도 스스로 문제를 해결한다. 왜냐하면 자연은 유기적인 통일성을 가지고 궁극적인 상태에서 궁극적인 상태로 나아가기 때문이다. 있는 그대로를 구현한 것이 구름이다. 모였다가 흩어지는, 있는 그대로의 구름이 무위적 삶의 표상이라 할 수 있다. 구름은 인공적인 영역에서 벗어나 집착이나 소유욕을 가지고 있지 않다. 그럼으로써 구름은 있는 그대로의 무위를 구현한다.

하늘이 저처럼 푸르듯 그 뜻 또한 장좌불와長座不臥

삼천배도 읽던 책도 던져놓은 돈오돈수頓悟頓修

이승에 철따라 입는 옷 한 벌로 걸어뒀네

—「지상의 옷 한 벌 -성철 스님 생각」 부분

불교에서는 '나'라는 개체가 이미 없다고 본다. 모든 것은 바뀌고 변하기 때문이다. 나타났다가 사라지는 생멸生滅의 과정 자체가 그래서 고통이다. 이 세상에 '나'라는 개체가 있다고 생각하는 순간 고통이다. 궁극적으로 이 세상에 '나'라고 할 수 있는 존재가 없다고 생각하면 더 이상의 고통은 사라진다. 그러다 보면 돈오돈수頓悟頓修의 경지에 이르지 않겠는가. 화자는 "지워도 남는 것이" "그리운 집 몇 채 거느린 그 흔적"(「무섬마을에서」)이라고 고백한다. 화자는 그것을 다 내려놓지 못하고 "잠시 마음 묶어둘 곳 여기 강둑에다// 한 그루 마음나무를 심어두고 가세요"라고 말한다. 프랑스의 시인 이브 본느프와의 「나무들에게」라는 시에는 이런 구절이 나온다. "도망치는 것이 아니라면 무엇을 잡을 것인가/ 어두워지는 것이 아니라면 무엇을 볼 것인가/ 말하고 찢어지는 것이 아니라면/ 죽는 것이 아니라면 무엇을 갈망할 것인가?" 어떤 것에 대한 가치와 의미를 부여하는 이유는 우리 삶이 모두 일회성이기 때문이다. 곧 사라지고 없어질 생명이기 때문이다. 곧 사라질 것이기 때문에 우리는 그것에 의미와 가치를 부여하고 애착과 소유욕을 갖는 것이다.

5. 실존에 대한 각성과 무위無爲의 미학

박시교 시인의 시에는 전통적 정한인 '그리움'과 '허무'가 기저에 깔려있다. 그의 시에서의 그리움은 가족에서 출발하여 문인과 예술인, 친구 등으로 그 영역을 확장하며 존재의 심연에 가 닿는다. 이러한 그리움과 허무의 정서들은 계절의 순환에 따른 자연의 질서와 내면을 결속하는 가운데 더욱더 선명한 이미지로 드러난다. 이 과정에서 시인은 존재의 근원적인 허무에 대한 성찰의 과정을 이끌어 내는 것이다. 시인은 그리움의 실체와 허무의 본질을 드러내고 결국 이러한 정서들을 숙명적으로 받아들이는 과정을 형상화한다.

결국 박시교 시의 미학은 완전한 자기 각성에 이르는 과정에서 얻어지는 것이다. 자연을 효과적인 방법으로 도입하여 허무를 근원적인 양상으로 확장시킨 그의 시는 단순히 일상에 대한 반성에 머무는 것이 아니라 '나'라는 개체가 근본적으로 내 것이 아님을 깨닫는 지점으로 나아간다. 실존에 대한 각성은 바로 '나'를 비롯하여 우리가 갖고 있고 욕망하는 것들이 우리의 것이 아니었음을 인식하는 데서부터 시작되는 것이다. 그의 시세계는 이런 점에서 실존의 각성을 통한 무위無爲의 미학을 실현하고 있다고 할 수 있다. ▧

이송희

전남대 국문과 문학박사. 2003년 조선일보 신춘문예로 등단, 가람시조문학상 신인상, 오늘의시조시인상 수상. 시집 『환절기의 판화』, 『아포리아 숲』, 평론집 『눈물로 읽는 사서함』, 『아달린의 방』, 『길 위의 문장』 등이 있음. 현재 전남대, 목포대, 조선대 등에서 학생들을 가르치고 있음.

이우걸

추천우수작

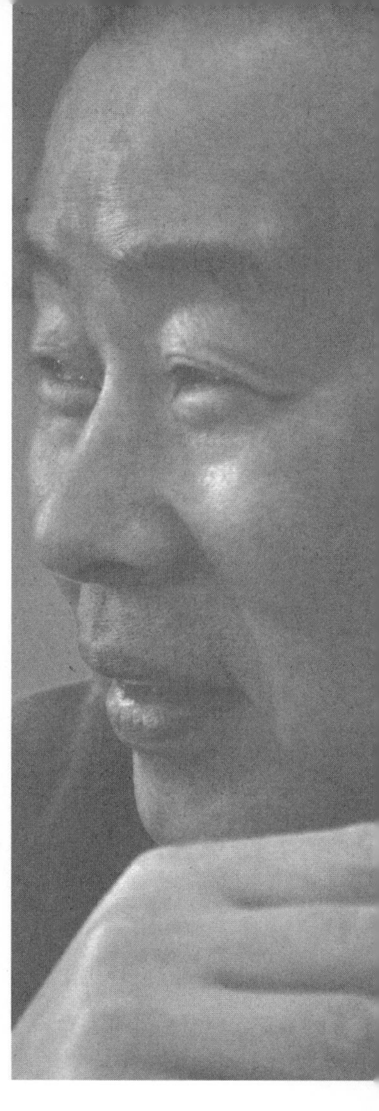

1946년 경남 창녕 출생. 1973년 《현대시학》으로 등단. 시조집 『지금은 누군가 와서』, 『빈 배에 앉아』, 『저녁 이미지』, 『사전을 뒤적이며』, 『맹인』, 『나를 운반해온 시간의 발자국이여』, 『주민등록증』, 시선집 『네 사람의 얼굴』, 『네 사람의 노래』, 『이우걸시조선집』 등. 중앙시조대상, 가람시조문학상, 이호우시조문학상, 김상옥시조문학상 수상.

맑은 봄날 외 5편

이우걸

비가 그치자 나무들 표정이 밝다
물관부는 가볍게 수액을 밀어올리고
꽃들은 잎 먼저 나와
바람에 하늘거린다

벌들이 다투어 꽃가루를 옮기듯이
언제나 세상은 안보이는 싸움이지만
오늘은 냇물 흐르듯
천지가 화평하다

―《불교문예》 2014년 여름호

고모

튜브도 구명조끼도

바란 적 없었건만

건너야 할 강물은 먼 산에 닿아 있었다

비바람 머리에 이고

갈대처럼 늙어간 여자

—《현대시학》 2014년 7월호

묵언 시집

— 김춘수

한 채의 고요였다 적막한 사원이었다
질문을 가졌지만
대답 또한 내 몫이었다
책장을 넘길 때마다
찬바람이 불곤 했다

서가를 정리하다
다시 마주쳤다
주의 깊게 살폈지만 같은 표정이다
거대한 상상의 숲이
날개를 접고 있다

—《현대시학》 2014년 7월호

이명

뱃고동 소리가 희미하게 들리곤 한다

이승의 우수가 담긴 곡조 없는 휘파람같이

노을을 따라 나서는

저 강물의 나들이

— 《유심》 2014년 8월호

꺼지지 않는 불꽃*

조국 위해 목숨을 던져 한 권의 책이 되고
그 책의 불꽃이 영원히 사위지 않는
그런 땅, 그런 나라에
어머니가 계셨네.

소년, 소녀는 자라서 사랑에 눈을 뜨고
그 사랑 열매 맺어 영원하라 맹세할 때
맨 먼저 이곳에 와서
고개를 숙이네

* 꺼지지 않는 불꽃 : 우즈벡의 성지 이름. 제2차 세계대전 때 전사자의 이름이 새겨져 있고 어머니상이 있다. 청년들은 결혼 후 이곳을 참배한다.

—《가람시학》 2014년호

카카오톡 1

햇살 고울 때쯤 만나자고 했었다
꼭 전할 말도 없고 줄 선물도 없지만
그렇게 간절한 약속을 해두고 싶었다

위양못 이팝꽃, 종남산 진달래꽃
어느 곳을 돌아본들 숨 가쁜 봄일 테지만
불현듯 실비 내리면
새로 듣는 음악 같으리

—《시조매거진》 2014년 하반기호

이승은

추천우수작

1958년 서울 출생. 1979년 KBS · 문공부 주최 전국 민족시대회 장원으로 등단. 시집 『내가 그린 풍경』, 『시간의 물 그늘』, 『길은 사막 속이다』, 『시간의 안부를 묻다』, 『환한 적막』, 『꽃밥』, 『넬라판타지아』. 한국시조작품상, 이영도문학상, 중앙시조대상, 오늘의시조문학상 등 수상.

아직도 푸른 대문 외 5편

이승은

엄마가 나고 자란 옥산리* 747번지
지천명의 내 그림자 문지방을 넘어갈 때
낮달이 몸을 구부려 툇마루 쪽 기웃댄다

처녀 적 우리 엄마 들일 끝에 올라붙던
꼭 닮은 도깨비바늘 그런 햇살 찾아들어
마당귀 토닥거리며 금침 가득 놓는다

쪽문 밖 논두렁길 하마 보니 가르마길
그 서녘 놀빛 따라 호박넝쿨 뻗어가고
참새가 갸웃거리며 부리맞춤 한창인 집

건넌방 들창 가로 뭇별들은 쏟아져서
늦도록 개울물을 건너갔다 건너온다
온밤 내 꿈결을 타고 복사뼈를 씻던 곳

감추어도 반짝이는 무슨 은전 같은 추억
자목련 가지마다 자목련 꽃으로 벌고

옥산리 푸른 대문 집, 돌아보면 먼 봄이다

* 충남 서천.

—《현대시학》 2014년 3월호

밤비

기다리는 사람 대신 어둔 비가 오십니다

가등의 불빛만이 처마까지 따라와서

감춰둔 모든 속내를 단박에 훑어냅니다

그러니 잊으라고, 잊은 것도 잊으라고

받은 편지함을 또 한 차례 비웁니다

울음을 참았던 밤이 눈꺼풀에 깊습니다

—《유심》 2014년 6월호

조천朝天 바다

이른 봄볕 촘촘하게 내려앉은 돌담 아래
섬동백 꽃송이가 멈칫 웃다 떨어진다
아침이 손님으로 와 하늘을 받쳐 든 곳

숨겨둔 푸른 날을 얼마나 뱉었기에
먼 바다 오지랖이 쪽빛 멍 자국인가
물거품 속내로구나, 빈말이 된 약속들

청보리 바람결에 물빛 더욱 짙은 바다
그 모든 푸름에는 눈물 맛이 배어 있다
바람도 그런 바람을 조천朝天에 와서 본다

— 《서정과현실》 2014년 상반기호

저물녘

늦가을 택배로 온
저 남녘 감 말랭이

꼭 고 빛깔 서녘 해가
쫄깃한 질감으로

서너 번 뒤돌아보며
툭, 하고 치는 것이다

상사相思도 그쯤 되면
찧고 남은 왕겨처럼

알맹이는 간데없고
껄끄러운 껍질만 남아

놀빛 속 아닌 바람에
날리기도 하는 것이다

—《시조미학》 2014년 하반기호

파뿌리

흰 머리 돋아나도 허물치 않겠다며

끝없이 변함없이 곁을 지켜 준다더니

뚝 잘라
던져버릴 때
함께 딸려 나갈 줄은,

그게 파뿌린 줄 이제야 알겠구나

불볕 속에 물구나무선 시퍼런 이파리들

또 무슨
알싸한 향내
피워낸단 말인가

—《시와문화》 2014년 여름호

말을 삼키다

서해 궁평항구 무슨 속 끓이기에
갯벌 다 드러낸 채 구멍 숭숭 뚫어놓나
어스름 들쳐 업느라
펑퍼짐한 해의 등 쪽

눈길 한 번 줄 때마다 서너 뼘씩 빠지는 물
건너편 저 솔밭은 울음 같은 바람소리
기참만 터질 듯 말 듯
목젖 어디 가랑댄다

헤아려 거두느라 눈치만 빤한 노을
귀엣말 새겨듣다 내 할 말 또 놓치네
너, 라는 옥살이에도
비전향 장기수, 나

—《문학청춘》 2014년 가을호

박기섭

추천우수작

1954년 대구 마비정에서 태어남. 1980년 한국일보 신춘문예 당선. 시집 『키작은 나귀타고』, 『默言集』, 『비단 헝겊』, 『하늘에 밑줄이나 긋고』, 『엮음 愁心歌』, 『달의 門下』, 박기섭의 시조산책 『가다 만 듯 아니 간 듯』 등. 대구문학상, 오늘의시조문학상, 중앙시조대상, 이호우시조문학상, 고산문학상, 가람시조문학상 수상.

뻐꾸기 우는 날은 외 5편

박기섭

뻐꾸기 우는 날은
뻐꾸기 울음터에
여남은 개 스무 개씩 돌팔매를 날려본다
돌팔매 날아간 족족
앉는 족족
너 있다

아니면 또 한나절을
꽃밭 가에 나앉아서
봉숭아 채숭아를 송이송이 헤어본다
다홍빛 분홍빛 속에
그 꽃 속에
너 있다

뻐꾸기 우는 날은
뻐꾸기 울음 따라
심 리쯤 시오 리쯤 자드락길 걸어본다
하현달 사위는 서녘

그 서녘에

너 있다

—《시조시학》 2014년 여름호

이순耳順 1

가고 아니 오는 것아, 생피 마르는 것아

푸서리 무서리에 하늘 등도 다 꺼지고

늦도록 부시다 못해 황량일까, 저 억새

높가지 까치들은 무얼 보고 울어쌓노?

윗절 가는 잔등 길은 등이 다 굽었는데

뉘 보낸 거망빛인가, 내 눈썹에 타는 것아

—《서정과 현실》 2014년 하반기호

접시꽃

명부전 처마 밑에 접시꽃들 피었습니다

빈 접시 포개 들고 접시꽃들 피었습니다

때묻고 이 빠진 채로 울먹울먹 피었습니다

부연 끝 풍경이사 먼눈을 팔건 말건

흐너진 돌탑이사 한숨을 짓든 말든

열릴 듯 닫힌 문 밖에 엉거주춤 피었습니다

—《문학청춘》 2014년 가을호

나의 직립보행

가장 먼 길을 돌아 가장 가까이 왔다
하도나 가까워서 때로 너 안 보이고
뭇 밤의 애젓한 이마에 흰 이슬이 박혔다

너 없는, 그 가공할 허기가 들레던 날
나의 직립보행은 마침내 시작되었다
너 하나 만나기 위해 육백만 년을 걸어왔다*

모서리가 닳은 채로 서걱이던 나의 별은
너의 잔기침에 가볍게 부서진다
홀연히 세상에 없는 춤사위가 빛날 때

그 뻘밭 그 진구렁 얼음강에 덮였다가
마안한 하 세월의 모랫벌이 되기까지
오, 너는 어느 만년설을 홀로 건너온 무지개더뇨

* 인간의 직립보행은 육백만 년 전에 시작되었다고 한다.

—《문학청춘》 2014년 가을호

분청粉青

금만 갔나, 이도 빠졌네
분청사기 그릇 하나

한 해 한 번 시젯날에나 보는 동항同行 혹은 숙항叔行의
그 항렬 그 성바지여 재종 혹은 재당숙쯤의 낯익고 낯선
이름이여

그런 날, 곁에 와 앉는
먼 선영의 가을빛이여

—《정형시학》 2014년 상반기호

시지時至에서

1.

청동의 가지 끝이 가늘게 떨리던 날, 끝 간 데 없는 것이 끝 간 데 없는 데서 내게로 내게로 온다 눈도 귀도 다 먼 것이

2.

하필이면 시지時至*일까, 더는 가지 못할 그냥 그 벼랑 끝 맨몸의 뇌우로다 마침내 적묵에 이른, 내 사랑의 폐허로다

3.

여월麗月, 그 격렬한 시간의 난파 끝에 서둘러 당도한 봄의 하복부가 찢어진다 살아서 더는 못할 짓을 다 해버린다, 내 사랑

* 그곳에서 이태를 보낸 적이 있다.

—《다층》 2014년 여름호

오승철

추천우수작

1957년 제주 위미 출생. 1981년 동아일보 신춘문예로 등단. 시집 『개닦이』, 『사고 싶은 노을』, 『누구라 종일 홀리나』. 한국시조작품상, 이호우시조문학상, 유심작품상, 중앙시조대상, 오늘의시조문학상 수상.

딱지꽃 외 5편

오승철

신제주 어느 변두리 골목과 골목 사이
거미줄 그어놓듯 해장국집 차린 아내
가끔은 중국말 제주말 걸려들고 있었다

누구의 한 때인들 끗발 한 번 없었으랴
밤마다 가슴에 쓰던 사직서를 내밀고
철지난 세상에 나와 저 혼자 핀 딱지꽃

이승을 뜰 때에도 이렇게 혼자라면
성당의 저녁미사는 뭐 하러 드리는가
불빛이 불빛에 기대 싸락눈 달래는 밤

—《불교문예》 2014년 겨울호

한가을

한여름과 한겨울 사이 한가을이 있다면
만 섬 햇살 갑마장길
바로 오늘쯤이리
잘 익은 따라비오름 물봉선 터뜨리는

고추잠자리 잔광마저 맑게 씻긴 그런 날
벌초며 추석명절 갓 넘긴 봉분 몇 채
무덤 속 갖고 가자던
그 말조차 흘리겠네

길 따라
말갈기 따라
청보라 섬잔대 따라
아직도 방생 못한 이 땅의 그리움 하나
섬억새 물결 없어도 숨비소리 터지겠네

—《오늘의시조》 2014년

삐쭉새

삐쭉삐쭉 삐쭉새
삐쭉삐쭉 삐이쭉
거저 온 세상이면 그냥 저냥 살다 가지
허름한 세월의 한 칸
문패는 왜 거느냐고?

확 그냥 돌팔매를 날릴까 하다가도
저마저 안 그러면 누가 감히 비꼬랴
씨이발, 허공에 대고
나도 한 번 삐이쭉

녹원綠源 선생 둘러 보고
‘오목이석재五木二石齋’라 하네
그 뜻 더 묻지 않고 민머리못 꽝꽝 치네
주인이
바뀌든 말든
꽃 게우는 하귤나무

— 《시조매거진》 2014년 하반기호

별어곡역

설렁
하늘에 건 맹세는 아닐지라도
가자, '이별의 골짝' 억새물결 터지기 전
아리랑 첫 대목 끌고
거기 가서 헤어지자

기차마저 그냥 가는 타관객리 정선선
기다림은 다해도 간이역은 남아 있다
한때의 섰다판처럼
거덜 난 민둥산아

곤드레 막걸리 한 잔
콧등치기국수 훌훌
떠밀리고 떠밀린 아우라지 구절리
단판에 이별을 건다
암세포 같은 그리움아

—《서정과현실》 2014년 상반기호

하도 카페

사나흘 눈보라를 간신히 달랜 오후
철새 떼도 팽나무도 비켜 앉은 마을회관도
갈대에 몸을 맡긴 채 흔들리는 하도리 길

그러거나 말거나
돌담 올레 납작집
소라게 발 내밀듯
슬그머니 내민 간판
길손은 없어도 그만, 마수걸이 못 해도 그만

우리도 한눈팔듯 이 세상에 온 것일까
바다와 민물이 만나 몸 섞는 노을의 시간
게미용 불빛 하나야 내걸거나 말거나

—《서정과현실》 2014년 상반기호

그리운 남영호*

— 삼백스물세 분을 호명하며

바다는 싸락눈을 삼키는가 내뱉는가
수평선 넘나들던
섶섬 새섬 문섬 범섬
저무는 바다의 집으로 돌아가고 있었다

숨바꼭질 끝났다!
이제 그만 나와라
경술년 그 뱃길이 황망히 놓친 세상
못 다한 마지막 말이 별빛으로 돋아난다.

보따리장수 홀어머니 바다에 묻은 세 아이
그 눈빛 그 어깨울음 뿔뿔이 흩어진 골목
마당귀 유자 몇 알이 장대만큼 솟았는데

아, 어느 이름인들
눈부처가 아니랴
다시 만나자는 약속은 못했어도
내 아직 이승에 있을 때, 이제 그만 돌아오라

* 1970년 침몰한 〈제주-부산〉 정기여객선.

— 《개화》 2014년 23집

신필영

추천우수작

1983년 한국일보 신춘문예 당선. 이호우시조문학상, 오늘의시조문학상 수상. 시집 『지귀의 낮잠』, 『누님 동행』, 『둥근 집』, 『달빛출력』.

에스프레소 혹은, 라면 외 5편

신필영

왁자지껄 끓고 있는 난로 위 주전자 물
당신은 에스프레소, 그 향을 떠올리는데
왜 나는 후~불어먹는 라면이 생각날까

짧기도 한 봄 한 철이 아직은 창밖인데
입맛만 다시다가 우두커니 앉은 저녁
안전핀 뽑지 않아서 우린 아직 안전한가,

한 치 어김없이 매사가 딱 맞기를
목숨을 걸어가며 안달할 일 뭐 있을까
제자리 놓이고 보면 비대칭도 편안한 걸

—《시조21》 2014년 여름호

끈이 풀린 나이

편의점 노천의자에서 맥주 캔을 따고 있는
오후 네 시 긴 그림자 저 홀로 흔들린다
두 눈에 말없음표를 점점이 찍어가며

사선으로 떨어지는 고층빌딩 불빛 근처
단벌구두 뒤축만큼 닳아버린 이력 위로
헛걸음 불러 앉히며 구인광고 외면한다

퇴근길 주연들을 바라보는 객석인가
번개 치듯 지나가는 불청객 견비통에
밤하늘 열쇠구멍으로 초승달이 내려온다

—《시조21》 2014년 여름호

가을연극, 숲

각성바지 저 나무들 단풍 숲 되기까지
물물이 다녀가며 보탠 일손 많았으리
못질에 가슴 헤지던 딱따구리 울음조차

마른 입술 오므리며 오갈 든 소태나무
된서리에 시린 발등 제 손으로 덮는 동안
그림자 길게 눕히느라 햇살 멀리 돌아든다

아그배, 까치박달, 산사나무, 귀롱나무
바람의 호명대로 앞에 나와 도열하네
여기는 커튼콜 무대 인사가 한창이다

— 《문학사상》 2014년 12월호

가을윤달

내 맘 어디 두고 하늘빛만 푸르냐고
그대, 왜 늦느냐고 채근일랑 하지말자

울고 말 울음이라면
아껴가며 울어보자

넌짓 수신호로 보내주는 우선멈춤
주저앉고 싶은 속을 흰 구름이 짚어주네

구월에 구월이 업힌 채
뒤뜰 가득 들어서네

—《열린시학》2014년 겨울호

층층나무 아래

끝내 돌아설 수 없는 발돋움만 제자리에

손차양 마중 길은 이리도 막막하다

꽃 접어 등을 내걸까, 탑을 다시 쌓듯이

비긋다 해가 들다 때론 바람 부는 날들

칡넝쿨 감기는 생각 풀고 다시 감다보면

어둠도 내리다 말고 먼 불빛에 주춤한다

—《정형시학》 2014년 하반기호

빈방, 그런 바다

품어 안을 해가 없다, 저물녘 그 포구엔
연줄에 발이 묶인 갈매기들 서넛 남아
바다는 눈을 감은 채 안개 호청 덮어쓰고

홀로 까무러치며 울음을 삼키다가
파도가 거품으로 무정란을 게워낼 쯤
머리맡 모래톱 근처 누군가 떠나간다

생이 뭐 이러한가, 발자국도 휩쓸리는
중심에 닿지 못하고 겉돌기만 하는 사이
세상 끝 빈 방 하나가 어둠 속에 갇힌다

—《시조시학》 2014년 가을호

오종문

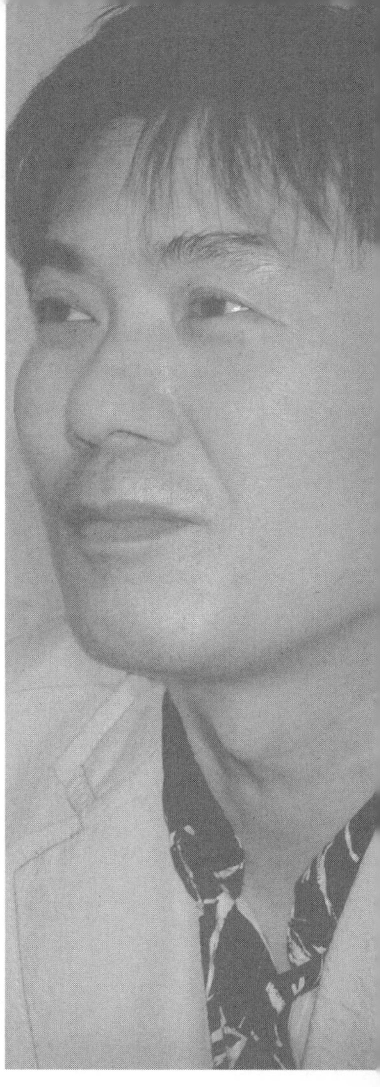

추천우수작

1959년 광주 출생. 1986년 사화집『지금 그리고 여기』를 통해 작품활동 시작. 시집『오월은 섹스를 한다』외.『이야기 고사성어』(전3권) 등이 있음. 중앙시조대상 수상.

선사, 움집에 들다 외 5편

오종문

세월도 무게 던 채 허물린 선사 유적, 눈발이 속절없이 걸어온 길 지워낼 때
익명의 마음 붙박고 목을 놓아 울겠네

시간에 포박된 채 한 계절 에서 살며, 몸에 걸친 거추장한 화려함 벗어내고
천품의 혀 짧은 말로 움집 얻어 살겠네

살얼음 두께 더한 해 떨어진 그 강기슭, 천렵한 물고기들 화덕 위에 올려놓고
불 가에 쪼그려 앉아 화석의 꿈 지피겠네

허망한 사유라도 씨 볍씨 돌에 갈 듯, 발 달린 짐승 거둬 자유로이 놓아기르고
먼 사내 그 물색으로 경작할 땅 일구겠네

―《시조시학》 2014년 가을호

천 개의 눈

울음 깬 그날부터 눈꺼풀 닫을 때까지
은밀한 경계선에 감시하는 저 시선들
일상의 그 모든 것은
프로그램 되어진다

그들은 왜 낯 모르는 당신이 궁금할까
촘촘히 스크린 한 소름 돋는 미궁 세상
언제쯤 속내도 찍혀
다 배포될 것이다

두렵다 기억해선 안 되는 것 재생될 때
가면을 그때그때 상황 맞게 바꿔 쓰는
오늘 밤 빛나는 자해
내 두 눈은 정전停電이다

—《시조21》 2014년 여름호

암각화 고래를 찾아서

억만 년도 가뭇없이 흘려보낸 저 반구대
몇 굽이 물꼬 트는 소리 죽인 강물 따라
어슬녘 물색을 보는
이 한때가 참 좋다

어떤 말 전하려고 암각화를 남긴 걸까
생멸을 반목하는 시간 깨운 잡목 숲에
처연히 쏟아낸 주술 바람소리 달고 있다
아뜩한 절벽 앞에 겸손해진 돌밭 마음
얼음 밑 물은 벌써 봄 이야기 전하는데
앞서 간 선사인들은 다 어디로 떠났을까

동해나 더 아득한 사해四海 바다 그 어디쯤
배회하는 고래 떼가 새끼 몰고 회귀한 날
그 혈거 황홀한 축제
하늘에 가 닿으리라

—《한국동서문학》 2014년 가을호

푸코를 읽는 밤

그 남자 밤을 잊고 푸코*를 만나는 날
안경 쓴 이론들이 채집하는 담론 놓고
행간에 살아 날뛰는
쑥대머리 깨알 글자

세상과 이어 놓은 불면의 저 편집증
일생이 먹먹하다며 마음이 헛헛했다며
책장을 넘길 때마다
말 걸어온 그대 광기

누군가 숲이 되고 무슨 뜻이 되고 싶어
순백의 이성 위에 평생 피운 말의 꽃들
난해한 바다의 필체
봄빛 문법 닮아 있다

* 프랑스 철학자.

—《시조21》 2014년 여름호

장미가 나에게

이 한낮 세상 창검 받아내며 내뱉는 말
한 번은 활짝 피워 불꽃처럼 살아볼 것
저 장미 수작을 걸며
희롱하듯 웃고 있다

한 사내 마음 틈새 파고들며 직언한 말
스스로 꽃 필 때와 질 때를 안다는 것
저 장미 목을 내걸고
각혈하듯 지고 있다

—《한국동서문학》 2014년 가을호

탈을 깎는 밤

한 시절 호령하던 앞마당 오동나무
상처가 깊어져서 온몸을 헌신할 때
네 근성 남 줄 수 없어
잘라내고 토막낸다

눈 코 잎 조목조목 벼린 끌로 깎아 가면
나무가 주는 촉감 내 느끼는 탈의 체온
산 사람 그 지문처럼
무늬 결이 돋아난다

세속의 눈을 닫고 마음 눈 뜬 신神의 시간
칼 맛 안 손놀림이 봄밤 다 옮겨놓고
우주의 마지막 달을
훔쳐서 온 저 흙빛

—《불교문예》 2014년 여름호

염창권

추천우수작

1990년 동아일보 신춘문예 당선. 무등시조문학상, 한국시조시인협회상 본상 수상. 시집 『그리움이 때로 힘이 된다면』, 『햇살의 길』, 『일상들』, 평론집 『집 없는 시대의 길가기』 등.

창포 잎엔 강이 흐르고 외 5편

염창권

수심가 한 자락 머리 푼 채 강 건너려고, 타령의 길섶마다 물그림자 그렁한데 두 발 다 부르터서 아직 십 리 밖이라고 참매미 날아올라 저 혼자서 잦아드는,

물빛을 따라나서는 그림자가 성글다.

낮 꿈일까만 풀잎마다 빗소리 엮이던 중, 물동이를 인 아낙이 물빛으로 반짝여서는 그 치마 속으로 기어든 세월 유정하더니,

저, 사내 긴 강 끌고 와 창포 앞에 서 있다.

하분하분 젖어드는 붓꽃 둘레 어스름 녘, 강물이 먼 곳에서 구름을 불러들여 낙과하는 한 시절을 속절없이 앓는다 할 때,

진청의 잎맥 속으로 강물 깊이 흐른다.

—《시선》 2013년 겨울호

숨

빙판길을 지나다가 큰 물확을 만났다.

축축하게 젖어 있는 강의 입술, 우물이다
밤새워 달려온 강물이 가쁜 숨을 쿨럭인다

숨결마다 달려드는 눈보라 속 헤맬 때
자욱한 물소리로 천지간에 떠 있다가
흉통을 딛고 솟구치는
치사량의 기억들!

숨 돌리며 강안을 휘감는 흰 입김의 늪
허공에 뜬 네 얼굴이 차고 맑게 일렁인다

은혈의 이 거듭된 호흡,
홈 깊어진 상처다.

—《시조시학》 2014년 여름호

병瓶

목 주변에 가위눌린 잇자국이 선명하다
비명은 이곳에서 시작됐던 것이다
따개로 뚜껑을 뗄 때,
미약하게 들리던

그 소리는 질식할 듯 병에 갇혀 있었다
여자가 목울대를 조심스레 눌렀을 때
소리는 병속에 들어가 담겨졌던 것이다

몸 접힐 때 바람이 새나가는 쉰 소리였다
물구나무 선 채로 절벽을 기어올라
주름을 쏟아 붓는다,
늪을 향해
주르륵…

—《시조시학》 2014년 여름호

낳다

죽은 땅이 키우는 삭정이가 불꽃같다
입천장의 화염 속에 적란운이 떠간다
생각이 길흉을 점치며
지수화풍地水火風 길을 낸다

옮겨 붙은 불씨가 뭉게구름 불러와서
풍문의 언급들만 바람 속을 흐득이고
귀 젖어 집을 나서는,
가문 눈빛 사람들

품었던 알 속에서 날 것이 부풀어 올라
익숙한 생각들이 둥지 밖을 내다볼 때
바람은 비를 부르고 알이 몸을 낳는다

—《시조시학》 2014년 여름호

저, 두메
— 이산가족

그리움은 세월을 당겨놓은 주름이었다
그 마음에 기대면 두메처럼 그늘졌다
상봉의 탁자에 앉으니 몸에 뜨는 노을이다

모두들 울음의 강 하나씩 끌고 와서 먼 기억의 손 붙들고 물살처럼 굽이 친다,

마음의 평생을 쏟아낸 이박삼일,
꿈이었나

상별의 손바닥이 유리창에 차게 닿자
그 사이로 실금 같은 선로가 끊어졌다
이랑진 손바닥의 길
또 건너지 못한다

— 《시조시학》 2014년 여름호

어린魚鱗

1.

그날 후로, 물고기가 머리 위를 날아가다

눈 맑은 사람들이 알아보는 이 명백성

안으로 열린 노안老眼의 강, 그 기슭을 오르다

2.

도마 위에 숭덩숭덩 잘려지는 붉은 노을

구름은 구겨진 채 지상으로 추락하고

밀물의 해안선 따라 등불 켜는 행렬들

저 등불을 앞세워 파랑의 길 건너려면

상습적인 영혼의 휘발성을 견뎌야 해, 망각이 몰아치는 폭설의 전야에 허공에서 은빛의 어린이 반짝였지 해파리의 독을 쏘인 기억의 비린내였어

흰 밤에 너울대는 숲길을 맨발로 걸어갔어

영혼의 부표 같은 물고기가 날아다닌다

어린을 지닌 영혼에 대한 기억과 즉물적 반성,

축축한

어둠에 손 넣으면

물큰 닿는 살 비린내.

—《시와소금》 2014년 가을호

박권숙

추천우수작

1991년 중앙일보 중앙시조지상백일장 연말장원. 중앙시조대상 신인상, 한국시조작품상, 최계락문학상, 이영도시조문학상, 중앙시조대상 수상. 시집 『시간의 꽃』, 『그리운 간이역』, 『모든 틈은 꽃핀다』 등.

겨울 군무 외 5편

박권숙

꼿꼿이 서서 부러져야 죽창 드는 대뿐이랴
굴신의 치욕만큼 가으내 날을 벼린
갈대는 죽은 후에도 칼을 놓지 않았다

흑두루미 떼울음을 남도 완창으로 듣다
바람은 갈대를 밀어 허공 층층 일으키고
허공은 갈대를 당겨 바람 겹겹 기대는데

진창에 발목 잡힌 생이 순천이었다
다 비운 속울음도 때론 신명을 탈 때 있어
추임새 넣던 빈 갯벌이 대대포를 놓친다

—《유심》 2014년 4월호

이어도

가슴 속 돌밭을 추려 고랑 진 생 파다보면
먼 고랑 밖으로 나가 돌아오지 않는 호명
그리운 뿌리는 모두 이어도로 뻗는다

순명의 태왁을 타고 모진 숨 고르다보면
마지막으로 한 번 꿈에 다녀가는 이들
밤마다 하얗게 눈뜬 이어도를 만난다

숨비소리 마디보다 더 가쁜 제주바다
죽음의 앞섶을 여미며 풀며 우는 날엔
거대한 암초에 걸린 전설 하나 건져낸다

—《한국동서문학》 2014년 봄호

가시가 뜨겁다

간절한 것이 모두 증발해버린 뒤에
선인장 가시들은 눈물 푸른 손 자르고
비로소 붉은 독기의 피뢰침이 되었다

울주군 간절곶 간절함에 찔린 바다
마른번개로 켜졌다 꺼진 수평선 붙들고 선
망부석 그 여인 하나 돌가시로 박혀 있다

생의 가뭄 견뎌온 내 간절한 촉수들은
사막을 껴안고 우는 가시 돋친 시 한 줄
세상을 향해 내미는 가시투성이 꽃 붉다

—《현대시학》 2014년 7월호

정읍의 봄

1.
더 물러설 곳 없어 갑오년 봄이 벼랑일 때
분사한 꽃들의 하얀 발을 껴안고
헛짚은 연대 속으로 투신하던 당신들

벚나무가 옹이 박힌 저 수직의 무덤일 때
뭉개진 별 곱게 주워 하늘 한 쪽에 켜두는 손
세상의 저녁 쪽으로 젖은 악수를 청한다

2.
더는 테도 메울 수 없어 봄이 빈 옹기일 때
누대의 금간 적막을 차곡차곡 되질하며
막장의 기억 속으로 매몰당한 당신들

신호가 더께 앉은 공명뿐인 폐광일 때
불과 물로 빚은 꿈을 바닥까지 긁어낸 손
세상의 저녁 쪽으로 젖은 구원을 청한다

—《서정과현실》 2014년 하반기호

씨앗

어둡기 시작하는 마음의 빈 터마다

빈센트 반 고흐의 씨 뿌리는 사람 본다

나목의 검은 손마디 몰래 빠져나온 저녁

레몬빛 태양은 머리위에서 빛나고

생의 화폭 뿌려진 노을의 씨앗 한 톨

흙냄새 부풀어오르는 죽음을 파종한다

씨앗주머니 밖으로 한 번 나와 버린 씨는

열매 품어보지 못한 돌밭뿐인 마음에도

잘 썩은 어둠을 덮고 까만 승천을 꿈꾼다

—《열린시학》 2014년 가을호

가난한 사람들

바르비종 들판에서 이삭 줍는 여인들
밀레의 유화 속을 엿보다 들켜버린
등보다 깊이 엎드려 낟알로 떨군 가난

옛 자갈치 시장 좌판 비린 손 뒷짐 지고
최민식의 사진 속을 흑백으로 빠져나와
누이 등 젖먹이에게 젖 물리고 선 여인

박제된 시간의 그늘 밖으로 쏟아지는
보아라 저건, 금도금빛 가을볕에 눈먼 남루
은가루 비린 바람에 오, 목이 멘 환한 허기

—《문학의 오늘》 2014년 가을호

서숙희

추천우수작

1992년 매일신문, 부산일보 신춘문예 당선. 한국시조작품상, 열린시학상, 이영도시조문학상 수상. 시집 『그대 아니라도 꽃은 피어』, 『손이 작은 그 여자』.

착지着地 외 5편

서숙희

1.
팽팽한 스카이라인을 온몸으로 찢으며
외줄기 비명처럼 땅 위로 내려앉는 새
갈퀴가 불끈 움켜쥔, 흙의 뼈대 으스러진다

단번에 내리박히는 한 자루 검처럼
공중을 밀쳐내고 땅을 딛는 체조선수
섬뜩한 절체절명을, 두 발로 물고 있다

2.
젖은 형벌로 걸린 젊은 날 절명시를
울음의 도끼로 마디마디 찍어내고
꿋꿋이 내리치는 채찍질

꽉
잡
고
서
겠
네

— 《나래시조》 2014년 가을호

슬픔의 균

한밤을 가로지르는 한 마리 벌레처럼
무릎을 안은 채 밤을 새는 새벽처럼
밥보다 먼저 씹히는 퉁퉁 불은 눈물처럼,

입이 헐도록 한 숟갈씩 백신을 퍼먹어도
내성耐性은 여전히 마른 등만 쿨럭이고
수척한 병원성病原性으로 번식하는 푸른 슬픔

—《서정과현실》 2014년 하반기호

몸 하나로

빗방울 하나가 유리창을 타고 있다

디딤돌도 밧줄도 없이 절벽을 기어서

둥근 몸 다 찢고서야 저 아래 물에 든다

크고 넓은 어딘가에 마침내 이른다는 건

저렇듯 몸 하나로, 다만 몸 하나만으로

절망의 그 맨 아래까지 제 살 헐며 가는 것

—《유심》 2014년 6월호

숟가락질하다

밥집 수저통에서 숟가락을 꺼내다가
윤이 나도록 닳고 닳은 욕망을 본다
끝없이 삼켜도 남는
움푹한 허기 같은

한 그릇의 밥 앞에서 고개를 숙인 채
벌건 식욕을 후루룩대며 퍼 올리는
때로는 처절하도록 경건한 맹목의 종교

먹고 살아야하는 거역할 수 없는 이 죄
날 비린내 물큰한 본능은 건강하여
뜨거운 몸뚱이마다
후끈, 살이 오른다

—《불교문예》 2014년 여름호

비야비야

선거철 현수막이 어지러운 광장 거리
갑자기 쏟아지는 때아닌 장대비에
뒤섞여 갈팡질팡하는
기호들의 검은 뒤축

방금 내걸린 공약은 어느새 찢어지고
잠시 머문 발돋움들 순식간에 흩어진 자리
떠돌던 네거티브가
젖은 채로 나뒹군다

바닥 친 민생을 사는
바닥 친 민심들은
그래도 또 한 번 믿어보자고 하는데
저 비의 퍼포먼스는
비非야 비非야, 하는구나

—《서정과현실》 2014년 하반기호

원룸시대

네 발 달린 주사위가
덩그러니 앉아있다

한 번 높이 던져볼, 기회조차도 없는
사각의 살찐 고립들이
방 하나에 갇혀있다

이력서 쓰기가
특기가 된 이력 위로
그나마의 스펙은 스팸으로 쌓이고
눈 붉은 불면의 밤은 무겁고도 더디다

밤새 다 식어버린 인스턴트 희망들을
비닐에 쑤셔 담아 불법으로 투기해도
누구도 추궁하지 않는,
무관심은 합법이다

—《시조미학》 2014년 하반기호

박명숙

추천우수작

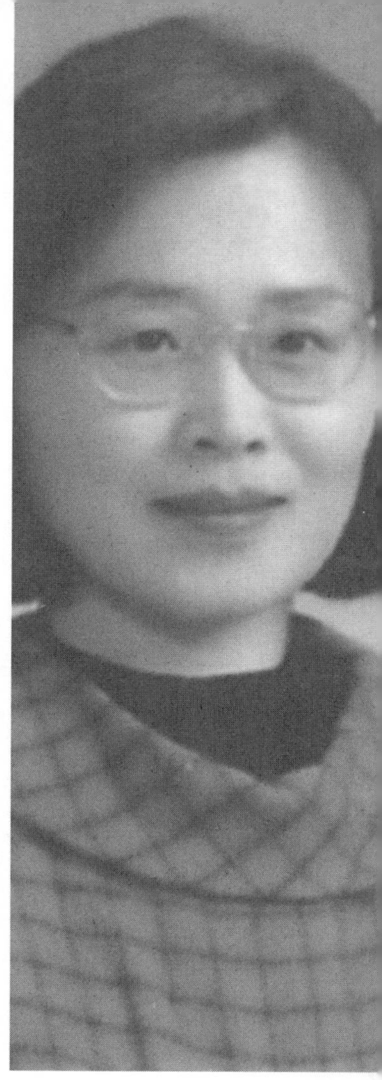

1993년 중앙일보 신춘문예 시조 당선, 1999년 문화일보 신춘문예 시 당선으로 등단. 열린시학상, 중앙시조대상 수상. 시집 『은빛 소나기』, 『어머니와 어머니가』.

혼잣밥 외 5편

박명숙

변기 위에 걸터앉아 혼자 밥을 먹는다
밥일까 사료일까 그것을 모르지만
물 한 병 김밥 한 줄로 빈 창자를 모신다

산목숨에 제 올리듯 받쳐 든 점심 한 끼
외로움 닫아걸고 마른입을 적시면
둘이선 들어갈 수 없는 목구멍도 저 혼자다

구렁 같은 목구멍을 한 모금씩 뚫고 가는
뚫어야만 피가 도는 하루치 목숨 앞에
괜찮다 홀로 나앉아 밥 먹는 일 괜찮다

—《내일을 여는 작가》 2014년 상반기호

해당화

흑산에서 보았네
해당화 첫 꽃가지

1693년 궁중 나인
정숙의 해괴한 짓

내몰린 가시 모가지
흑산에서 보았네

해괴한 그 짓으로
세상이 무너졌을까

죄값을 다하지 못해
여태도 선혈 듣는

검은 섬 그물에 걸린
꽃 모가지 보았네

―《정형시학》 2014년 하반기호

에야호

저 산에 아파트들이 지천으로 피어 있다

해 지고 밤이 와도 울지 않는 꽃동네

에야호, 앉을 곳 없는 불나방이 날고 있다

두 날개 접히지 않는 낯선 밤을 날고 있다

잠든 산턱 흘러내리는 한 떼의 불길 따라

그 몹쓸 그리움인 양 에야호, 날고 있다

—《가람시학》2014년

입하

나무들이 팔을 들어
세밀화를 그린다

일렁이는 밑그림을
진도대로 그린다

통통한 그늘의 문장으로
입하가 오고 있다

오후를 불러들이며
그늘도 살이 올라

낱장에 홑겹으로
한 목숨 받은 풋잠

떼 지어 몰려다니는
잔바람에 업혀 있다

—《시조 21》 2014년 겨울호

골목길

동네를 동여매면
두어 번은 묶을 듯

다 삭은 새끼줄 같은
비알진 그 골목길

한 자락 산길에 닿고
한 자락은 찻길 닿는

골목길 들어서는
밤비조차 성글어서

듬성듬성 얼레빗처럼
훑고 가는 몇 걸음

이 세상 삶삶한 어둠
다 빗길 순 없다는 듯

—《현대시학》 2014년 9월호

염소를 만나다
— 무인도

발가벗은 바위도
목자라면 목자겠지만

제 몸 제가 키우면서
염소는 살고 있다

완강한 절벽 사이로
뿔 난 하루 걷고 있다

속 비고 뒤로 잦은
고집도 고집이지만

길 없는 천인단애
바장이며 오르내리며

닥치면 닥치는 대로
외로움도 먹어치운다

—《정형시학》2014년 하반기호

이종문

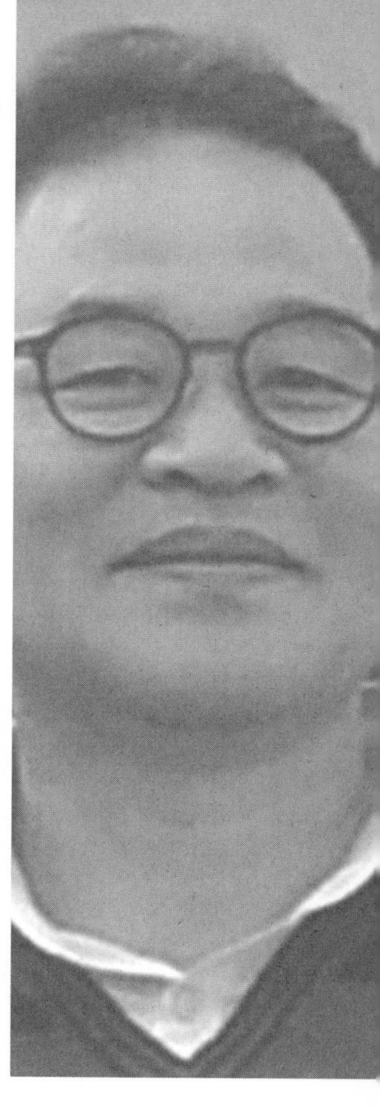

추천우수작

1955년 경북 영천 출생. 1993년 경향신문 신춘문예 당선. 중앙시조대상 신인상, 대구시조문학상, 한국시조작품상, 유심작품상 수상. 시집 『저녁밥 찾는 소리』, 『봄날도 환한 봄날』, 『정말 꿈틀, 하지 뭐니』, 『묵 값은 내가 낼게』.

아버지가 서 계시네 외 5편

이종문

순애야~ 날 부르는 쩌렁쩌렁 고함 소리
무심코 내다보니 대운동장 한복판에
쌀 한 말 짊어지시고 아버지가 서 계셨다

어구야꾸 쏟아지는 싸락눈을 맞으시며
새끼대이 멜빵으로 쌀 한 말 짊어지고
순애야, 순애 어딨노? 외치시는 것이었다

얼마나 부끄러운지 얼굴이 다 붉어져서
모른 척하고 있는데 드르륵 문을 열고
쌀 한 말 지신 아버지 우리 반에 나타났다

순애야, 니는 대체 대답을 와 안 하노?
대구에 오는 김에 쌀 한 말 지고 왔다
이 쌀밥 묵은 힘으로 더 열심히 공부해래

하시던 그 아버지 무덤 속에 계시는데
싸락눈 내리시네, 흰 쌀밥 같은 눈이,

쌀 한 말 짊어지시고 아버지가 서 계시네

―《서정과현실》 2014년 상반기호

반지

푸세식 변소에서 일을 보던 띵보 영감

아뿔싸, 똥통에다 반지를 빠뜨렸네

손으로 건지려다가 똥통 속에 처박혔네

반지가 그 바람에 똥통 밑에 가라앉자

똥물을 다 퍼내고서 기어이 찾아내어

며느리 구박턴 손에 다시 끼고 다녔다네

지난 봄 영감쟁이 불구덩에 들가더니

한 움큼 재가 되어 뒤로 폭삭 주저앉고,

반지는 귀고리 되어 며늘 귀에 걸렸네

—《시와문화》 2014년 봄호

킬링트리 killing tree

요 다음 세상에선 꼭 나무가 되고 싶어
참 오랜 기도 끝에 나무로 태어났다.
내 꿈을 이루기 위해 무럭무럭 자랐다.

나의 그늘 아래 아이들이 뛰어놀고
내 둥치에 등을 대고 엄마가 젖을 줄 때,
나는야 꿈을 이뤘다, 뜀박질을 하였다.

그런데 난데없이 떼 악마가 나타나서
아이들 발을 잡고 엄마 앞에 돌리다가
내 몸에 머리를 치고 구덩이에 던졌다.

안 돼~, 안 돼 안 돼, 미친 듯 절규했다.
분노했다, 통곡했다, 몸부림쳐 거부했다.
하지만 나는 뿌리를 땅에 박은 나무였다.

오! 나는 공범이다, 아이들을 떼로 죽인,
정말 끔직하고도 치 떨리는 죄를 짓고

가슴에 킬링트리라는 이름표를 달고 산다.

* 킬링트리 : 캄보디아의 킬링필드 killing fild에 있는 나무 이름, 크메르 루즈들이 이 나무에다 수많은 아이들의 머리를 쳐 죽인 데서 유래한 이름임.

— 《현대시학》 2014년 6월호

하늘

참

푸른

하늘이다,

벼슬이 빨간 수탉

돌연 꼬꼬댁 꼭꼭 푸드더덕 홰를 치며

초가집 지붕에 올라

뒷짐 지고,

쳐다

보는,

—《시산맥》2014년 가을호

깨가 쏟아지게 살게

익어 간다는 것은 매 맞을 날 온다는 것
익기가 겁이 나네, 매 맞기가 무섭다네
하지만 매를 맞아야 깨가 쏟아지는 것을

그래, 익자 익자, 매 맞을 날 기다리며
어차피 맞을 거면 속 시원히 맞고 말자
아무렴 사랑의 맨데 고까짓 거 못 맞을까.

우와! 때가 왔다, 와 이렇게 좋노 몰라
어르듯이 달래듯이 찰싹찰싹 때려다오
깨알이 찰찰 쏟아져 깨가 쏟아지게 살게

—《시조매거진》 2014년 하반기호

이제 됐다, 하는 듯이

앞앞이 한숨이고, 구석구석 눈물뿐인,
자식조차 못 낳아본 작은 엄마 가시는 길,
좀처럼 죽지 않아서 죽을 고생까지 했네.

죽여도고, 죽여도고, 제발 좀 죽여도고,
정말 애원을 하며 달포를 뒹굴어도
아무도 죽고 싶은 이 죽여주지 못했다네.

급기야 작은 엄마 젖 먹었던 힘을 다해
내 손을 꽉 잡고서 사지를 다 부르르 떨며,
죽여도~, 몸부림치다 뒤로 넘어 가셨다네.

콩죽 같은 땀방울이 몸을 죄다 적셨지만,
묶였다 풀려났는가, 표정만은 환했다네,
드디어 나는 살았다, 이제 됐다, 하는 듯이

— 《애지》 2014년 여름호

제5회
한국시조대상 수상작품집

초판 1쇄 인쇄일 | 2015년 02월 27일
초판 1쇄 발행일 | 2015년 03월 07일

엮은이 | 한국시조대상 운영위원회
펴낸이 | 노정자
펴낸곳 | 도서출판 고요아침
편 집 | 김남규

출판 등록 2002년 8월 1일 제 1-3094호
120-814 서울시 서대문구 증가로 29길 12-27 102호
전화 | 302-3194~5
팩스 | 302-3198
E-mail | goyoachim@hanmail.net
홈페이지 | www.goyoachim.com

ISBN 978-89-6039-698-2(03810)